LETTRES

DE MON MOULIN

PARIS. — IMPRIMERIE LALOUX Fils et GUILLOT

7, rue des Canettes, 7

LETTRES

DE MON MOULIN

IMPRESSIONS

ET

SOUVENIRS

PAR

ALPHONSE DAUDET

Auteur du *Petit Chose*

—

SEPTIÈME ÉDITION

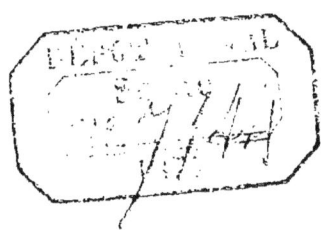

PARIS

J. HETZEL ET Cⁱᵉ, ÉDITEURS

18, RUE JACOB, 18

—

A

Ma Femme.

AVANT-PROPOS.

« ..... *Par devant maître Honorat Grapàzi, notaire à la résidence de Pampérigouste,*

« *A comparu*

« *Le sieur Gaspard Mitifio, époux de Vivette Cornille, ménager au lieu dit des Cigalières et y demeurant;*

« *Lequel par ces présentes a vendu et transporté sous les garanties de droit et de fait, et en franchise de*

toutes dettes, priviléges et hypothè-
ques,

« Au sieur Alphonse Daudet, poëte,
demeurant à Paris, à ce présent et ce
acceptant,

« Un moulin à vent et à farine sis
dans la vallée du Rhône, au plein cœur
de la Provence, sur une côte boisée de
pins et de chênes verts ; étant ledit
moulin abandonné depuis plus de vingt
années et hors d'état de moudre, comme
il appert des vignes sauvages, mousses,
romarins et autres verdures parasites
qui lui grimpent jusqu'au bout des
ailes ;

« Ce nonobstant, tel qu'il est et se
comporte, avec sa grande roue cassée,

sa plate-forme où l'herbe pousse dans les briques, déclare le sieur Daudet trouver ledit moulin à sa convenance et pouvant servir à ses travaux de poésie, l'accepte à ses risques et périls, et sans aucun recours contre le vendeur, pour cause de réparations qui pourraient y être faites ;

« *Cette vente a lieu en bloc moyennant le prix convenu, que le sieur Daudet, poëte, a mis et déposé sur le bureau en espèces de cours, lequel prix a été de suite touché et retiré par le sieur Mitifio, le tout à la vue des notaires et témoins soussignés, dont quittance sous réserve ;*

« *Acte fait à Pampérigouste, en l'é-*

tude Honorat, en présence de Francet Mamaï, joueur de fifre, et de Louiset di: Le Quique, porte-croix des pénitents blancs ;

    « Qui ont signé avec les parties et le notaire. après lecture..... »

LETTRES

DE

MON MOULIN

INSTALLATION.

Ce sont les Lapins qui ont été étonnés !..... Depuis si iongtemps qu'ils voyaient la porte du moulin fermée, les murs et la plate-forme envahis par les herbes, ils avaient fini par croire que la race des meuniers était éteinte, et, trouvant la place bonne, ils en avaient fait quelque chose comme un quartier général, un centre d'opérations straté-

giques : le moulin de Jemmapes des lapins... La nuit de mon arrivée, il y en
avait bien, sans mentir, une vingtaine,
assis en rond sur la plate-forme, en train
de se chauffer les pattes à un rayon de
lune... Le temps d'entr'ouvrir une lu-
carne, frrt! voilà le bivac en déroute, et
tous ces petits derrières blancs qui dé-
talent, la queue en l'air, dans le fourré.
J'espère bien qu'ils reviendront.

Quelqu'un de très-étonné aussi, en me
voyant, c'est le locataire du premier, un
vieux hibou sinistre à tête de penseur,
qui habite le moulin depuis plus de
vingt ans. Je l'ai trouvé dans la chambre
du haut, immobile et droit sur l'arbre de
couche, au milieu des plâtras, des tuiles tombées. Il m'a regardé un moment
avec son œil rond ; puis, tout effaré de ne
pas me reconnaître, il s'est mis à faire

« hou! hou! » et à secouer péniblement
ses ailes grises de poussière; — ces diables de penseurs! ça ne se brosse jamais..... N'importe! tel qu'il est, avec
ses yeux clignotants et sa mine renfro-
gnée, ce locataire silencieux me plaît
encore mieux qu'un autre, et je me suis
empressé de lui renouveler son bail. Il
garde comme dans le passé tout le haut
du moulin avec une entrée par le toit;
moi je me réserve la pièce du bas, une
petite pièce blanchie à la chaux, basse et
voûtée comme un réfectoire de couvent.

———

C'est de là que je vous écris, ma porte
grande ouverte, au bon soleil.

Un joli bois de pins tout étincelant de
lumière dégringole devant moi jusqu'au

1.

bas de la côte. A l'horizon, les Alpilles découpent leurs crêtes fines... Pas de bruit... A peine, de loin en loin, un son de fifre, un courlis dans les lavandes, un grelot de mule sur la route... Tout ce beau paysage provençal ne vit que par la lumière.

Et maintenant, comment voulez-vous que je le regrette, votre Paris bruyant et noir ? Je suis si bien dans mon moulin ! C'est si bien le coin que je cherchais, un petit coin parfumé et chaud, à mille lieues des journaux, des fiacres, du brouillard.... Et que de jolies choses autour de moi ! Il y a à peine huit jours que je suis installé, j'ai déjà la tête bourrée d'impressions et de souvenirs... Tenez ! pas plus tard qu'hier soir, j'ai assisté à la rentrée des troupeaux dans un *mas* (une ferme) qui est au bas de la côte, et je

vous jure que je ne donnerais pas ce
spectacle pour toutes les *premières* que
vous avez eues à Paris cette semaine.
Jugez plutôt.

Il faut vous dire qu'en Provence,
c'est l'usage, quand viennent les cha-
leurs, d'envoyer le bétail dans les Alpes.
Bêtes et gens passent cinq ou six mois
là-haut, logés à la belle étoile, dans
l'herbe jusqu'au ventre; puis au premier
frisson de l'automne on redescend au
mas, et l'on revient brouter bourgeoisement les petites collines grises que par-
fume le romarin..... Donc hier soir les
troupeaux rentraient. Depuis le matin,
le portail attendait, ouvert à deux bat-
tants; les bergeries étaient pleines de
paille fraîche. D'heure en heure on se disait : « Maintenant ils sont à Eyguières,
maintenant au Paradou. » Puis tout à

coup, vers le soir, un grand cri : « Les
voilà ! » et là-bas, au lointain, nous
voyons le troupeau s'avancer dans une
gloire de poussière. Toute la route
semble marcher avec lui... Les vieux
béliers viennent d'abord, la corne en
avant, l'air sauvage ; derrière eux le gros
des moutons, les mères un peu lasses,
leurs nourissons dans les pattes ; — les
mules à pompons rouges portant dans
des paniers les agnelets d'un jour qu'elles
bercent en marchant ; puis les chiens tout
suants, avec des langues jusqu'à terre, et
deux grands coquins de bergers drapés
dans des manteaux de cadis roux qui
leur tombent sur les talons comme des
chapes.

Tout cela défile devant nous joyeusement et s'engouffre sous le portail, en
piétinant avec un bruit d'averse... Il faut

voir quel émoi dans la maison. Du haut
de leurs perchoirs, les gros paons vert et
or, à crêtes de tulle, ont reconnu les ar-
rivants et les accueillent par un formidable coup de trompette. Le poulailler,
qui s'endormait, se réveille en sursaut.
Tout le monde est sur pied, pigeons, ca-
nards, dindons, pintades. La basse-cour
est comme folle ; les poules parlent de
passer la nuit !.... On dirait que chaque
mouton a rapporté dans sa laine, avec
un parfum d'Alpe sauvage, un peu de
cet air vif des montagnes qui grise et qui
fait danser.

C'est au milieu de tout ce train que le
troupeau gagne son gîte. Rien de charmant comme cette installation. Les vieux
béliers s'attendrissent en revoyant leur
crèche. Les agneaux, les tout petits,
ceux qui sont nés dans le voyage et n'ont

jamais vu la ferme, regardent autour d'eux avec étonnement. Mais le plus touchant encore, ce sont les chiens, ces braves chiens de berger, tout affairés après leurs bêtes et ne voyant qu'elles dans le *mas*. Le chien de garde a beau les appeler du fond de sa niche; le seau du puits, tout plein d'eau fraîche, a beau leur faire signe : ils ne veulent rien voir, rien entendre, avant que le bétail soit rentré, le gros loquet poussé sur la petite porte à claires-voies, et les bergers attablés dans la salle basse. Alors seulement ils consentent à gagner le chenil, et là, tout en lapant leur écuellée de soupe, ils racontent à leurs camarades de la ferme ce qu'ils ont fait là-haut dans la montagne, un pays noir où il y a des loups et de grandes digitales de pourpre pleines de rosée jusqu'au bord.

LA

DILIGENCE DE BEAUCAIRE.

C'était le jour de mon arrivée ici. J'avais pris la diligence de Beaucaire, une bonne vieille patache qui n'a pas grand chemin à faire avant d'être rendue chez elle, mais qui flâne tout le long de la route, pour avoir l'air, le soir, d'arriver de très-loin. Nous étions cinq sur l'impériale, sans compter le conducteur.

D'abord un gardien de Camargue, petit homme trapu, poilu, sentant le fauve,
avec de gros yeux pleins de sang et des
anneaux d'argent aux oreilles ; puis deux
Beaucairois, un boulanger et son *geindre*,
tous deux très-rouges, très-poussifs, —
mais des profils superbes, deux médail-
les romaines à l'effigie de Vitellius. Enfin
sur le devant, près du conducteur, un
homme... non ! une casquette, une énorme casquette en peau de lapin, qui ne
disait pas grand'chose et regardait la
route d'un air triste.

Tous ces gens-là se connaissaient entre eux et parlaient tout haut de leurs affaires, très-librement. Le Camarguais ra-
contait qu'il venait de Nîmes, mandé par
le juge d'instruction pour un coup de
fourche donné à un berger. On a le sang
vif en Camargue... Et à Beaucaire donc !

Est-ce que nos deux Beaucairois ne vou-
laient pas s'égorger à propos de la Sainte
Vierge? Il paraît que le boulanger était
d'une paroisse depuis longtemps vouée à
la madone, celle que les Provençaux
appellent *la bonne mère* et qui porte le
petit Jésus dans ses bras; le geindre, au
contraire, chantait au lutrin d'une église
toute neuve qui s'était consacrée à l'Immaculée Conception, cette belle image
souriante qu'on représente les bras pen-
dants, les mains pleines de rayons. La
querelle venait de là. Il fallait voir comme
ces deux bons catholiques se traitaient
eux et leurs madones :

« Elle est jolie, ton immaculée!

— Va-t'en donc, avec ta bonne mère!

— Elle en a vu de grises, la tienne,
en Palestine!

— Et la tienne, hou! la laide... qui

sait ce qu'elle n'a pas fait... Demande plutôt à saint Joseph. »

Pour se croire sur le port de Naples, il ne manquait plus que de voir luire les couteaux, et, ma foi, je crois bien que ce beau tournois théologique se serait terminé par là, si le conducteur n'était pas intervenu.

« Laissez-nous donc tranquilles avec vos madones, dit-il en riant aux Beaucairois, tout ça, c'est des histoires de femmes, les hommes ne doivent pas s'en mêler. »

Là-dessus, il fit claquer son fouet d'un petit air sceptique qui rangea tout le monde de son avis.

La discussion était finie ; mais le boulanger, mis en train, avait besoin de dé-
penser le restant de sa verve, et, se tournant vers la malheureuse casquette,
silencieuse et triste dans son coin, il
lui vint d'un air goguenard : « Et ta
femme, à toi, rémouleur?... Pour quelle
paroisse tient-elle ? »

Il faut croire qu'il y avait dans cette
phrase une intention très-comique, car
l'impériale tout entière partit d'un gros
éclat de rire... Le rémouleur ne riait pas,
lui. Il n'avait pas l'air d'entendre. Voyant
cela, le boulanger se tourna de mon
côté : « Vous ne la connaissez pas, sa
femme, monsieur ! une drôle de parois-
sienne, allez ! Il n'y en a pas deux comme
elle dans Beaucaire. » Les rires re-
doublèrent. Le rémouleur ne bougea
pas ; il se contenta de dire tout bas,

sans lever la tête : « Tais-toi, boulanger. »

Mais ce diable de boulanger n'avait pas envie de se taire, et il reprit de plus belle : « Viédase ! Le camarade n'est pas à plaindre d'avoir une femme comme celle-là... Pas moyen de s'ennuyer un moment avec elle... Pensez donc ! Une belle qui se fait enlever tous les six mois, elle a toujours quelque chose à vous raconter quand elle revient... C'est égal : c'est un drôle de petit ménage... Figurez-vous, monsieur, qu'ils n'étaient pas mariés depuis un an : paf ! voilà la femme qui part en Espagne avec un marchand de chocolat.

« Le mari reste seul chez lui à pleurer et à boire... Il était comme fou. Au bout de quelque temps la belle est revenue dans le pays, habillée en Espagnole, avec un petit tambour à grelots. Nous

lui disions tous « Cache-toi ; il va te tuer ».
Ah! ben oui ; la tuer!... Ils se sont remis
ensemble bien tranquillement, et elle lui
a appris à jouer du tambour de bas-
que. »

Il y eut une nouvelle explosion de
rires. Dans son coin, sans lever la tête, le
rémouleur murmura encore : « Tais-toi,
boulanger. »

Le boulanger n'y prit pas garde, et
continua :

« Vous croyez peut-être, monsieur,
qu'après son retour d'Espagne, la belle
s'est tenue tranquille... Ah! mais non...
Son mari avait si bien pris la chose! Ça
lui a donné envie de recommencer...
Après l'Espagnol, ç'a été un officier, puis
un marinier du Rhône, puis un musicien,
puis un.... Est-ce que je sais?... Ce qu'il
y a de bon, c'est que chaque fois c'est la

même comédie. La femme part, le mari pleure; elle revient, il se console. Et toujours on la lui enlève, et toujours il la reprend... Croyez-vous qu'il a de la patience, ce mari-là? Il faut dire aussi qu'elle est crânement jolie, la petite rémouleuse... Un vrai morceau de cardinal : vive, mignonne, bien roulée ; avec ça une peau blanche et des yeux couleur de noisette qui regardent toujours les hommes en riant... Ma foi! mon Parisien, si vous repassez jamais par Beaucaire...

— Oh! tais-toi, boulanger, je t'en prie », fit encore une fois le pauvre rémouleur avec une expression de voix déchirante...

A ce moment, la diligence s'arrêta. Nous étions au *mas* des Anglores. C'est là que les deux Beaucairois descendaient,

et je vous jure que je ne les retins pas...
Farceur de boulanger! Il était dans la
cour du *mas* qu'on l'entendait rire encore.

———

Ces gens-là partis, l'impériale sembla
vide. On avait laissé le Camarguais à
Arles; le conducteur marchait sur la
route à côté de ses chevaux... Nous étions
seuls là-haut, le rémouleur et moi, chacun dans notre coin, sans parler. Il faisait chaud; le cuir de la capote brûlait.
Par moments, je sentais mes yeux se fermer et ma tête devenir lourde; mais impossible de dormir. J'avais toujours dans
les oreilles ce « Tais-toi, je t'en prie », si
navrant et si doux... Ni lui non plus, le
pauvre homme, il ne dormait pas. De
derrière, je voyais ses grosses épaules

frissonner, et sa main, — une longue
main blafarde et bête, — trembler sur le
dos de la banquette, comme une main
de vieux. Il pleurait... Ah! je m'en sou-
viendrai, de cette diligence...

« Vous voilà chez vous, Parisien! » me
cria tout à coup le conducteur; et du bout
de son fouet il me montrait ma colline
verte avec le moulin piqué dessus comme
un gros papillon. Je m'empressai de descendre... En passant près du rémouleur,
j'essayai de regarder sous sa casquette;
j'aurais voulu le voir avant de partir.
Comme s'il avait compris ma pensée, le
malheureux leva brusquement la tête, et,
plantant son regard dans le mien :

« Regardez-moi bien, l'ami, me dit-il
d'une voix sourde, et, si un de ces jours
vous apprenez qu'il y a eu un malheur à
Beaucaire, vous pourrez dire que vous

connaissez celui qui a fait le coup. »

C'était une figure éteinte et triste, avec de petits yeux fanés. Il y avait des larmes dans ces yeux, mais dans cette voix il y avait de la haine. La haine, c'est la colère des faibles !... Si j'étais la rémouleuse, je me méfierais.

LE SECRET

DE MAITRE CORNILLE.

Francet Mamaï, un vieux joueur de fifre, qui vient de temps en temps faire la veillée chez moi, en buvant du vin cuit, m'a raconté l'autre soir un petit drame de village dont mon moulin a été témoin il y a quelque vingt ans. Le récit du bonhomme m'a touché, et je vais essayer de vous le redire tel que je l'ai entendu.

Imaginez-vous pour un moment, chers lecteurs, que vous êtes assis devant un pot de vin tout parfumé, et que c'est un vieux joueur de fifre qui vous parle.

Notre pays, mon bon monsieur, n'a pas toujours été un endroit mort et sans renom, comme il est aujourd'hui. Autre temps, il s'y faisait un grand commerce de meunerie, et, dix lieues à la ronde, les gens des *mas* nous apportaient leur blé à moudre...Tout autour du village, les collines étaient couvertes de moulins à vent. De droite et de gauche, on ne voyait que des ailes qui viraient au mistral par-dessus les pins, des ribambelles de petits ânes chargés de sacs montant et dévalant le long des chemins; et toute la semaine c'était plaisir d'entendre sur la hauteur le bruit des fouets, le craquement de la toile et le « Dia hue! » des aides-meuniers.... Le dimanche, nous allions aux

moulins, par bandes. Là-haut, les meuniers payaient le muscat. Les meunières
étaient belles comme des reines, avec
leurs fichus de dentelles et leurs croix d'or.
Moi, j'apportais mon fifre, et jusqu'à la
noire nuit on dansait des farandoles. Ces
moulins-là, voyez-vous, faisaient la joie
et la richesse de notre pays.

Malheureusement, des Français de
Paris eurent l'idée d'établir une minoterie à vapeur, sur la route de Tarascon.
« Tout beau, tout nouveau ! » comme
on dit chez nous ; les gens prirent l'habitude d'envoyer leur blé aux minotiers,
et les pauvres moulins à vent restèrent
sans ouvrage. Pendant quelque temps
ils essayèrent de lutter, mais la vapeur
fut la plus forte, et l'un après l'autre,
pécaïré ! ils furent tous obligés de fermer... On ne vit plus venir les petits

ânes... Les belles meunières vendirent
leurs croix d'or... Plus de muscat! Plus
de farandole!... Le mistral avait beau
souffler, les ailes restaient immobiles.....
Puis, un beau jour, la commune fit jeter
toutes ces masures à bas, et l'on sema à
leur place de la vigne et des oliviers.

Pourtant, au milieu de la débâcle, un
moulin avait tenu bon et continuait de
virer courageusement sur sa butte, à la
barbe des minotiers. C'était le moulin de
maître Cornille, celui-là même où nous
sommes en train de faire la veillée en ce
moment.

———

Maître Cornille était un vieux meunier,
vivant depuis soixante ans dans la farine
et enragé pour son état. L'installation
des minoteries l'avait rendu comme fou.

2.

Pendant huit jours, on le vit courir par le village, ameutant le monde autour de lui et criant de toutes ses forces qu'on voulait empoisonner la Provence avec la farine des minotiers. « N'allez pas là-bas, disait-il; ces brigands-là pour faire le pain se servent de la vapeur, qui est une invention du diable, tandis que moi je travaille avec le mistral et la tramontane, qui sont la respiration du bon Dieu..... » Et il trouvait comme cela une foule de belles paroles à la louange des moulins à vent; mais personne ne les écoutait.

Alors, de malerage, le vieux s'enferma dans son moulin et vécut tout seul comme une bête farouche. Il ne voulut pas même garder près de lui sa petite-fille Vivette, une enfant de quinze ans, qui, depuis la mort de ses parents, n'avait plus que son *grand* au monde. La pauvre petite fut obligée de gagner sa vie et de se louer un peu partout dans les *mas*, pour la moisson, les magnans ou les olivades. Et pourtant son grand-père avait l'air de bien l'aimer, cette enfant-là !... Il lui arrivait souvent de faire ses quatre lieues à pied par le grand soleil pour aller la voir aux *mas* où elle travaillait, et quand il était près d'elle, il passait des heures entières à la regarder en pleurant...

Dans le pays on pensait que le vieux meunier, en renvoyant Vivette, avait agi par avarice, et cela ne lui faisait pas honneur de laisser sa petite ainsi traîner d'une ferme à l'autre, exposée aux brutalités des *baïles* et à toutes les misères des jeunesses en condition. On trouvait très-mal aussi qu'un homme du renom de maître Cornille, et qui jusque là s'était respecté, s'en allât maintenant par les rues comme un vrai bohémien, pieds nus, le bonnet troué, la taillole en lambeaux... Le fait est que le dimanche, lorsque nous le voyions entrer à la messe, nous avions honte pour lui, nous autres les vieux; et Cornille le sentait si bien qu'il n'osait plus venir s'asseoir sur le banc d'œuvre. Toujours il restait au fond de l'église, près du bénitier, avec les pauvres.

———

Dans la vie de maître Cornille il y avait quelque chose qui n'était pas clair. Depuis longtemps personne, au village, ne lui portait plus de blé, et pourtant les ailes de son moulin allaient toujours leur train comme devant.... Le soir, on rencontrait par les chemins le vieux meunier poussant devant lui son âne chargé de gros sacs de farine.

« Bonnes vêpres, maître Cornille, lui criaient les paysans ; ça va donc toujours, la meunerie ?

— Toujours, mes enfants, répondait le vieux d'un air gaillard. Dieu merci ! ce n'est pas l'ouvrage qui nous manque. »

Alors, si on lui demandait d'où diable pouvait venir tant d'ouvrage, il se mettait un doigt sur les lèvres et répondait gravement : « *Motus !* je travaille pour l'exportation... » Jamais on n'en put tirer davantage.

Quant à mettre le nez dans son moulin, il n'y fallait pas songer. La petite Vivette elle-même n'y entrait pas...

Lorsqu'on passait devant, on voyait la porte toujours fermée, les grosses ailes toujours en mouvement, le vieil âne broutant le gazon de la plate-forme, et un grand chat maigre qui prenait le soleil sur le rebord de la fenêtre et vous regardait d'un air méchant.

Tout cela sentait le mystère et faisait beaucoup jaser le monde. Chacun expliquait à sa façon le secret de maître Cornille, mais le bruit général était qu'il y avajt dans ce moulin-là encore plus de sacs d'écus que de sacs de farine.

———

A la longue pourtant tout se découvrit; Voici comment:

En faisant danser la jeunesse avec mon fifre, je m'aperçus un beau jour que l'aîné de mes garçons et la petite Vivette s'étaient rendus amoureux l'un de l'autre. Au fond je n'en fus pas fâché, parce qu'après tout, le nom des Cornille était en hon-

neur chez nous, et puis ce joli petit pas-
sereau de Vivette m'aurait fait plaisir à
voir trotter dans ma maison. Seulement,
comme nos amoureux avaient souvent occasion d'être ensemble, je voulus, de peur
d'accidents, régler l'affaire tout de suite,
et je montai jusqu'au moulin pour en
toucher deux mots au grand-père... Ah!
le vieux sorcier! il faut voir de quelle manière il me reçut. Impossible de lui faire
ouvrir sa porte. Je lui expliquai mes rai-
sons tant bien que mal, à travers le trou
de la serrure; et tout le temps que je parlais, il y avait ce grand coquin de chat
maigre qui soufflait comme un diable au-
dessus de ma tête.

Le vieux ne me donna pas le temps de
finir, et me cria fort malhonnêtement de
retourner à ma flûte; que, si j'étais pressé
de marier mon garçon, je pouvais bien

aller chercher des filles à la minoterie...
Pensez que le sang me montait d'entendre
ces mauvaises paroles; mais j'eus tout de
même assez de sagesse pour me contenir,
et, laissant ce vieux fou à sa meule, je re-
vins annoncer aux enfants ma déconve-
nue... Ces pauvres agneaux ne pouvaient
pas y croire; ils me demandèrent comme
une grâce de monter tous deux ensemble
au moulin, pour parler au grand-père...
Je n'eus pas le courage de refuser, et
prrrt! voilà mes amoureux partis.

Tout juste comme ils arrivaient là-
haut, maître Cornille venait de sortir. La
porte était fermée à double tour; mais le
vieux bonhomme, en partant, avait laissé
son échelle dehors, et tout de suite l'idée
vint aux enfants d'entrer par la fenêtre,
voir un peu ce qu'il y avait dans ce fameux moulin...

Chose singulière! la chambre de la meule était vide..... Pas un sac, pas un grain de blé; pas la moindre farine aux murs ni sur les toiles d'araignée... On ne sentait pas même cette bonne odeur chaude de froment écrasé qui embaume dans les moulins... L'arbre de couche était couvert de poussière, et le grand chat maigre dormait dessus...

La pièce du bas avait le même air de misère et d'abandon; — un mauvais lit, quelques guenilles, un morceau de pain sur une marche d'escalier, et puis dans un coin trois ou quatre sacs crevés d'où coulaient des gravats et de la terre blanche.

C'était là le secret de maître Cornille! C'était ce plâtras qu'il promenait le soir par les routes, pour sauver l'honneur du moulin et faire croire qu'on y faisait de la farine... Pauvre moulin! Pauvre Cornille! Depuis longtemps, les minotiers leur avaient enlevé leur dernière pratique. Les ailes viraient toujours, mais la meule tournait à vide.

———

Les enfants revinrent, tout en larmes, me conter ce qu'ils avaient vu. J'eus le cœur crevé de les entendre... Sans perdre une minute, je courus chez les voisins, je leur dis la chose en deux mots, et nous convînmes qu'il fallait, sur l'heure, porter au moulin Cornille tout ce qu'il y avait de froment dans les maisons... Sitôt dit, sitôt fait. Tout le village se met en route, et nous arrivons là-haut avec une procession d'ânes chargés de blé, — du vrai blé, celui-là!

Le moulin était grand ouvert... Devant
la porte, maître Cornille, assis sur un
sac de plâtre, pleurait, la tête dans ses
mains. Il venait de s'apercevoir, en rentrant, que pendant son absence on avait
pénétré chez lui et surpris son triste secret. — « Pauvre de moi! disait-il.
Maintenant, je n'ai plus qu'à mourir...
Le moulin est déshonoré! » Et il sanglo-
tait à fendre l'âme; et il appelait son moulin par toutes sortes de noms, lui parlant
comme à une personne véritable.

A ce moment, les ânes arrivent sur la
plate-forme, et nous nous mettons tous à
crier bien fort comme au bon temps des
meuniers : « Ohé! du moulin!... Ohé!
maître Cornille! » Et voilà les sacs qui
s'entassent devant la porte et le beau
grain roux qui se répand par terre de
tous côtés...

Maître Cornille ouvrait de grands yeux. Il avait pris du blé dans le creux de sa vieille main et il disait, riant et pleurant à la fois : « C'est du blé... Seigneur Dieu !... Du bon blé !... Laissez-moi, que je le regarde. » Puis, se tournant vers nous : « Ah ! je savais bien que vous me reviendriez... tous ces minotiers sont des voleurs. » Nous voulions l'emporter en triomphe au village : « Non, non, mes enfants ; il faut avant tout que j'aille donner à manger à mon moulin... Pensez donc ! il y a si longtemps qu'il ne s'est rien mis sous la dent. »

Et nous avions tous des larmes dans les yeux de voir le pauvre vieux se démener de droite et de gauche, éventrant les sacs, surveillant la meule, tandis que le grain s'écrasait et que la fine poussière de froment s'envolait au plafond.

C'est une justice à nous rendre ; à partir de ce jour-là, jamais nous ne laissâmes le vieux meunier manquer d'ouvrage.

Puis un matin, maître Cornille mourut, et les ailes de notre dernier moulin cessèrent de virer, pour toujours cette fois... Cornille mort, personne ne prit sa suite.

Que voulez-vous, monsieur ?... Tout a une fin en ce monde, et il faut croire que le temps des moulins à vent était passé comme celui des coches sur le Rhône, des parlements et des jaquettes à grandes fleurs.

LA CHÈVRE DE M. SEGUIN.

———

A Monsieur Pierre Gringoire, poëte lyrique,
à Paris.

Tu seras bien toujours le même, mon pauvre Gringoire.

Comment! on t'offre une place de chroniqueur dans un bon journal de Paris, et tu as l'aplomb de refuser... Mais regarde-toi, malheureux garçon! Regarde ce pourpoint troué, ces chausses en déroute, cette face maigre qui crie la faim. Voilà pourtant où t'a conduit la passion des belles rimes! Voilà ce que t'ont valu dix ans de loyaux services dans les pages du sire Apollo... Est-ce que tu n'as pas honte, à la fin ?

Fais-toi donc chroniqueur, imbécile; fais-toi chroniqueur. Tu gagneras de beaux écus à la rose, tu auras ton couvert chez Brébant, et tu pourras te montrer les jours de première avec une plume neuve à ta barette...

Non? Tu ne veux pas?... Tu prétends rester libre à ta guise jusqu'au bout... Eh bien, écoute un peu l'histoire de la *chèvre de M. Seguin.* Tu verras ce que l'on gagne à vouloir vivre libre.

M. Seguin n'avait jamais eu de bonheur avec ses chèvres.

Il les perdait toutes de la même façon :
un beau matin, elles cassaient leur corde,
s'en allaient dans la montagne, et là-haut
le loup les mangeait. Ni les caresses de
leur maître, ni la peur du loup, rien ne
les retenait. C'était, paraît-il, des chèvres
indépendantes, voulant à tout prix le
grand air et la liberté.

Le brave M. Seguin, qui ne comprenait rien au caractère de ses bêtes, était
consterné. Il disait : « C'est fini ; les
chèvres s'ennuient chez moi, je n'en gar-
derai pas une. »

Cependant il ne se découragea pas,
et après avoir perdu six chèvres de la
même manière, il en acheta une septième ; seulement, cette fois, il eut soin de
la prendre toute jeune, pour qu'elle s'ha-
bituât mieux à demeurer chez lui.

Ah ! Gringoire, qu'elle était jolie la

petite chèvre de M. Seguin ! Qu'elle était
jolie avec ses yeux doux, sa barbiche de
sous-officier, ses sabots noirs et luisants,
ses cornes zébrées et ses longs poils
blancs qui lui faisaient une houppelande;
c'était presque aussi charmant que le
cabri d'Esméralda, tu te rappelles, Gringoire? — et puis docile, caressante, se
laissant traire sans bouger, sans mettre
son pied dans l'écuelle ; un amour de
petite chèvre...

M. Seguin avait derrière sa maison un
clos entouré d'aubépines. C'est là qu'il
mit sa nouvelle pensionnaire. Il l'attacha
à un pieu, au plus bel endroit du pré, en
ayant soin de lui laisser beaucoup de
corde, et de temps en temps il venait voir
si elle était bien. La chèvre se trouvait
très-heureuse, et broutait l'herbe de si
bon cœur que M. Seguin était ravi : —

3.

« Enfin, pensait le pauvre homme, en voilà une qui ne s'ennuiera pas chez moi ! »

M. Seguin se trompait, sa chèvre s'ennuya.

———

Un jour, elle se dit en regardant la montagne :

« Comme on doit être bien là-haut ! Quel plaisir de gambader dans la bruyère, sans cette maudite longe qui vous écorche le cou... C'est bon pour l'âne ou pour le bœuf de brouter dans un clos !... Les chèvres, il leur faut du large. »

A partir de ce moment, l'herbe du clos lui parut fade. L'ennui lui vint. Elle maigrit ; son lait se fit rare. C'était pitié de la voir tirer tout le jour sur sa longe, la tête tournée du côté de la montagne, la narine ouverte, et faisant : *Mê !...* tristement.

M. Seguin s'apercevait bien que sa chèvre avait quelque chose, mais il ne savait pas ce que c'était... Un matin, comme il achevait de la traire, la chèvre se retourna et lui dit dans son patois :

« Écoutez, monsieur Seguin, je me languis chez vous. Laissez-moi aller dans la montagne.

— Ah! mon Dieu!... Elle aussi! » cria M. Seguin stupéfait, et du coup il laissa tomber son écuelle,... puis, s'asseyant dans l'herbe, à côté de sa chèvre : —

« Comment, Blanquette, tu veux me quitter ? »

Blanquette répondit :

« Oui, monsieur Seguin.

— Est-ce que l'herbe te manque ici?

— Oh! non, monsieur Seguin.

— Tu es peut-être attachée de trop court; veux-tu que j'allonge la corde ?

— Ce n'est pas la peine, monsieur Seguin.

— Alors, qu'est-ce qu'il te faut? Qu'est-ce que tu veux?

— Je veux aller dans la montagne, monsieur Seguin.

— Mais, malheureuse, tu ne sais pas qu'il y a le loup dans la montagne... Que feras-tu quand il viendra?...

— Je lui donnerai des coups de corne, monsieur Seguin.

— Le loup se moque bien de tes cornes. Il m'a mangé des biques autrement encornées que toi... Tu sais bien, la vieille Renaude qui était ici l'an dernier? une maîtresse chèvre, forte et méchante comme un bouc. Elle s'est battue avec le loup toute la nuit... puis le matin le loup l'a mangée.

— Pécaïré! Pauvre Renaude!... Ça

ne fait rien, monsieur Seguin, laissez-moi aller dans la montagne.

— Bonté divine ! dit M. Seguin... mais qu'est-ce qu'on leur a donc fait à mes chèvres ? Encore une que le loup va me manger... Eh bien, non... je te sauverai malgré toi, coquine, et de peur que tu ne rompes ta corde, je vais t'enfermer dans l'étable, et tu y resteras toujours. »

Là-dessus M. Seguin emporta la chèvre dans une étable toute noire, dont il ferma la porte à double tour. Malheureusement il avait oublié la fenêtre, et à peine eut-il le dos tourné que la petite s'en alla...

Tu ris, Gringoire ?... Parbleu ! je crois bien ; tu es du parti des chèvres, toi, contre ce bon monsieur Seguin... Nous allons voir si tu riras tout à l'heure.

Quand la chèvre blanche arriva dans
la montagne, ce fut un ravissement général. Jamais les vieux sapins n'avaient
rien vu d'aussi joli. On la reçut comme
une petite reine. Les châtaigniers se bais-
saient jusqu'à terre pour la caresser du
bout de leurs branches. Les genêts d'or
s'ouvraient sur son passage, et sentaient
bon tant qu'ils pouvaient. Toute la montagne lui fit fête.

Tu penses, Gringoire, si notre chèvre
était heureuse. Plus de corde, plus de
pieu... rien qui l'empêchât de gambader,
de brouter à sa guise... C'est là qu'il y en
avait de l'herbe! jusque par-dessus les
cornes, mon cher... Et quelle herbe!
Savoureuse, fine, dentelée, faite de mille
plantes..... C'était bien autre chose que
le gazon du clos. Et les fleurs donc!...
De grandes campanules bleues, des digi-

tales de pourpre à longs calices, toute
une forêt de fleurs sauvages débordant
de sucs capiteux!...

La chèvre blanche, à moitié soûle, se
vautrait là dedans les jambes en l'air et
roulait le long des talus, pêle-mêle avec
les feuilles tombées et les châtaignes.....
Puis tout à coup elle se redressait d'un
bond sur ses pattes. Hop! la voilà partie, la tête en avant, à travers les maquis et les buissières, tantôt sur un pic,
tantôt au fond d'un ravin, là-haut, en
bas, partout... On aurait dit qu'il y
avait dix chèvres de **M.** Seguin dans la
montagne.

C'est qu'elle n'avait peur de rien la
Blanquette.

Elle franchissait d'un saut de grands
torrents qui l'éclaboussaient au passage
de poussière humide et d'écume. Alors,

toute ruisselante, elle allait s'étendre sur quelque roche plate et se faisait sécher par le soleil... Une fois, s'avançant au bord d'un plateau, une fleur de cytise aux dents, elle aperçut en bas, tout en bas dans la plaine, la maison de M. Seguin avec le clos derrière. Cela la fit rire aux larmes.

« Que c'est petit! dit-elle; comment ai-je pu tenir là dedans? »

Pauvrette! de se voir si haut perchée, elle se croyait au moins aussi grande que le monde...

En somme, ce fut une bonne journée pour la chèvre de M. Seguin! Vers le milieu du jour, en courant de droite et de gauche, elle tomba dans une troupe de chamois en train de croquer une lambrusque à belles dents. Notre petite coureuse en robe blanche fit sensation. On

lui donna la meilleure place à la lambrusque, et tous ces messieurs furent très-
galants..... Il paraît même, — ceci doit
rester entre nous, Gringoire, — qu'un
jeune chamois à pelage noir eut la bonne
fortune de plaire à Blanquette. Les deux
amoureux s'égarèrent parmi le bois une
heure ou deux, et si tu veux savoir ce
qu'ils se dirent, va le demander aux
sources bavardes qui courent invisibles
dans la mousse.

Tout à coup le vent fraîchit. La montagne devint violette; c'était le soir...
« Déjà ! » dit la petite chèvre; et elle s'arrêta fort étonnée.

En bas, les champs étaient noyés de
brume. Le clos de M. Seguin disparais-

sait dans le brouillard, et de la maisonnette on ne voyait plus que le toit avec
un peu de fumée ; elle écouta les clochettes
d'un troupeau qu'on ramenait, et se sentit l'âme toute triste... Un gerfaut qui
rentrait la frôla de ses ailes en passant.
Elle tressaillit... Puis ce fut un long
hurlement dans la montagne :

« Hou ! hou ! »

Elle pensa au loup ; de tout le jour la
folle n'y avait pas pensé... Au même moment, une trompe sonna bien loin dans
la vallée. C'était ce bon M. Seguin qui
tentait un dernier effort.

« Hou ! hou !... » faisait le loup.

« Reviens ! reviens !... » criait la
trompe

Blanquette eut envie de rentrer ; mais
en se rappelant le pieu, la corde, la haie
du clos, elle pensa que maintenant elle

ne pourrait plus se faire à cette vie, et qu'il valait mieux rester...

La trompe ne sonnait plus...

La chèvre entendit derrière elle un bruit de feuilles. Elle se retourna et vit dans l'ombre deux oreilles courtes toutes droites, avec deux yeux qui reluisaient... C'était le loup.

———

Énorme, immobile, assis sur son train de derrière, il était là, regardant la petite chèvre blanche et la dégustant par avance. Comme il savait bien qu'il la mangerait, le loup ne se pressait pas ; seulement, quand elle se retourna, il se mit à rire méchamment : « Ha ! ha ! la petite chèvre de M. Seguin ! » et il passa sa grosse langue rouge sur ses babines d'amadou.

Blanquette se sentit perdue... Un moment, en se rappelant l'histoire de la
vieille Renaude, qui s'était battue toute
la nuit pour être mangée le matin, elle se
dit qu'il vaudrait peut-être mieux se laisser manger tout de suite; puis, s'étant
ravisée, elle tomba en garde, la tête basse
et la corne en avant, comme une brave
chèvre de **M.** Seguin qu'elle était... non
pas qu'elle eût l'espoir de tuer le loup,
— les chèvres ne tuent pas le loup, —
mais seulement pour voir si elle pourrait
tenir aussi longtemps que la Renaude...

Alors le monstre s'avança, et les petites cornes entrèrent en danse.

Ah! la brave chevrette! comme elle y
allait de bon cœur! Plus de dix fois, je
ne mens pas, Gringoire, elle força le loup
à reculer pour reprendre haleine. Pendant ces trêves d'une minute, la gour-

mande cueillait en hâte encore un brin de sa chère herbe, puis elle retournait au combat, la bouche pleine... Cela dura toute la nuit. De temps en temps la chèvre de M. Seguin regardait les étoiles danser dans le ciel clair, et elle se disait : « Oh ! pourvu que je tienne jusqu'à l'aube !... »

L'une après l'autre, les étoiles s'éteignirent. Blanquette redoubla de coups de corne, le loup de coups de dents... Une lueur pâle parut dans l'horizon... Le chant d'un coq enroué monta d'une métairie. « Enfin ! » dit la pauvre bête, qui n'attendait plus que le jour pour mourir ; et elle s'allongea par terre dans sa belle fourrure blanche toute tachée de sang...

Alors le loup se jeta sur la petite chèvre et la mangea.

Adieu, Gringoire.

L'histoire que tu as entendue n'est pas un conte de mon invention. Si jamais tu viens en Provence, nos ménagers te parleront souvent de « *la cabro de moussu* « *Seguin, que se battégué touto la niue* « *emé lou loup, e piei lou matin lou* « *loup la mangé* (1). »

Tu m'entends bien, Gringoire?

« *E piei lou matin lou loup la mangé.* »

(1) La chèvre de monsieur Seguin, qui se battit toute la nuit avec le loup, et puis le matin le loup l'a mangée.

L'ARLÉSIENNE.

Pour aller au village, en descendant de mon moulin, on passe devant un *mas* bâti près de la route au fond d'une grande cour plantée de micocouliers. C'est la vraie maison du *ménager* de Provence, avec ses tuiles rouges, sa large façade brune irrégulièrement percée, puis tout en haut la girouette du grenier, la poulie pour hisser les meules et quelques touffes de foin brun qui dépassent...

Pourquoi cette maison m'avait-elle
frappé? Pourquoi ce portail fermé me
serrait-il le cœur? Je n'aurais pas pu le
dire, et pourtant ce logis me faisait froid.
Il y avait trop de silence autour... Quand
on passait, les chiens n'aboyaient pas,
les pintades s'enfuyaient sans crier...
A l'intérieur, pas une voix ! Rien, pas
même un grelot de mule... Sans les rideaux blancs des fenêtres et la fumée
qui montait des toits, on aurait cru l'endroit inhabité.

Hier, sur le coup de midi, je revenais
du village, et, pour éviter le soleil, je lon-
geais les murs de la ferme, dans l'ombre
des micocouliers... Sur la route, devant
le mas, des valets silencieux achevaient
de charger une charrette de foin... Le
portail était resté ouvert. Je jetai un
regard en passant, et je vis, au fond de

la cour, accoudé, — la tête dans ses mains, — sur une large table de pierre, un grand vieux tout blanc, avec une veste trop courte et des culottes en lambeaux... Je m'arrêtai. Un des hommes me dit tout bas : « Chut! c'est le maître... Il est comme ça depuis le malheur de son fils. » A ce moment une femme et un petit garçon, vêtus de noir, passèrent près de nous avec de gros paroissiens dorés, et entrèrent à la ferme.

L'homme ajouta : «... La maîtresse et Cadet qui reviennent de la messe. Ils y vont tous les jours, depuis que l'enfant s'est tué... Ah! monsieur, quelle désolation !... Le père porte encore les habits du mort; on ne peut pas les lui faire quitter... Dia ! hue ! la bête. »

La charrette s'ébranla pour partir.

4

Moi, qui voulais en savoir plus long, je demandai au voiturier de monter à côté de lui, et c'est là-haut, dans le foin, que j'appris toute cette navrante histoire...

———

Il s'appelait Jan. C'était un admirable paysan de vingt ans, sage comme une fille, solide et le visage ouvert. Comme il était très-beau, les femmes le regardaient; mais lui n'en avait qu'une en tête, — une petite Arlésienne, toute en velours et en dentelles, qu'il avait rencontrée sur la Lice d'Arles, une fois... Au *mas*, on ne vit pas d'abord cette liaison avec plaisir. La fille passait pour coquette et ses parents n'étaient pas du pays. Mais Jan voulait son Arlésienne à toute force. Il disait : « Je

mourrai si on ne me la donne pas. » Il
fallut en passér par là. On décida de les
marier après la moisson.

Donc un dimanche soir, dans la cour
du *mas*, la famille achevait le dîner.
C'était presque un repas de noces. La
fiancée n'y assistait pas, mais on avait
bu en son honneur tout le temps... Un
homme se présente à la porte, et, d'une
voix qui tremble, demande à parler à
maître Estève, à lui seul. Estève se lève
et sort sur la route.

« Maître, lui dit l'homme, vous allez
marier votre enfant à une coquine, qui
a été ma maîtresse pendant deux ans.
Ce que j'avance, je le prouve : voici
des lettres !... Les parents savent tout
et me l'avaient promise ; mais, depuis
que votre fils la recherche, ni eux ni la
belle ne veulent plus de moi... J'aurais

cru pourtant qu'après ça elle ne pouvait pas être la femme d'un autre.

— C'est bien ! dit maître Estève quand il a regardé les lettres ; entrez boire un verre de muscat. »

L'homme répond : « Merci ! j'ai plus « de chagrin que de soif. » Et il s'en va.

Le père rentre, impassible ; il reprend sa place à table et le repas s'achève gaiement...

Ce soir-là, maître Estève et son fils s'en allèrent ensemble dans les champs. Ils restèrent longtemps dehors ; quand ils revinrent, la mère les attendait encore.

« Femme, dit le *ménager* en lui amenant son fils, embrasse-le ! il est malheureux... »

Jan ne parla plus de l'Arlésienne. Il
l'aimait toujours cependant, et même
plus que jamais, depuis qu'on la lui avait
montrée dans les bras d'un autre. Seulement il était trop fier pour rien dire ;
c'est ce qui le tua, le pauvre enfant !...
Quelquefois il passait des journées entières seul dans un coin, sans bouger.
D'autres jours, il se mettait à la terre
avec rage et abattait à lui seul le travail
de dix journaliers... Le soir venu, il prenait la route d'Arles et marchait devant
lui jusqu'à ce qu'il vît monter dans le
couchant les clochers grêles de la ville.
Alors il revenait. Jamais il n'alla plus
loin.

De le voir ainsi, toujours triste et seul,
les gens du *mas* ne savaient plus que
faire. On redoutait un malheur... Une
fois, à table, sa mère, en le regardant

4.

avec des yeux pleins de larmes, lui dit :
« Eh bien ! écoute, Jan, si tu la veux tout
de même, nous te la donnerons... »

Le père, rouge de honte, baissait la
tête...

Jan fit signe que non, et il sortit...

A partir de ce jour, il changea sa
façon de vivre, affectant d'être toujours
gai, pour rassurer ses parents. On le
revit au bal, au cabaret, dans les fer-
rades. A la vote de Fonvieille, c'est lui
qui mena la farandole.

Le père disait : « Il est guéri. » La
mère, elle, avait toujours des craintes et
plus que jamais surveillait son enfant...
Jan couchait avec Cadet, tout près de la
magnanerie ; la pauvre vieille se fit
dresser un lit à côté de leur chambre...
Les magnans pouvaient avoir besoin
d'elle, dans la nuit.

Vint la fête de saint Éloi, patron des ménagers.

Grande joie au *mas*... Il y eut du château-neuf pour tout le monde et du vin cuit comme s'il en pleuvait. Puis des pétards, des feux sur l'aire, des lanternes de couleur plein les micocouliers... Vive saint Éloi! On farandola à mort. Cadet brûla sa blouse neuve... Jan lui-même avait l'air content; il voulut faire danser sa mère; la pauvre femme en pleurait de bonheur.

A minuit, on alla se coucher. Tout le monde avait besoin de dormir... Jan ne dormit pas, lui. Cadet a raconté depuis que toute la nuit il avait sangloté... Ah! je vous réponds qu'il était bien mordu celui-là...

Le lendemain, à l'aube, la mère entendit quelqu'un traverser sa chambre en courant. Elle eut comme un pressentiment : « Jan, c'est toi? » Jan ne répond pas; il est déjà dans l'escalier. Vite, vite la mère se lève : « Jan, où vas-tu? » Il monte au grenier; elle monte derrière lui. « Mon fils, au nom du ciel! » Il ferme la porte et tire le verrou.

« Jan, mon Janet, réponds-moi. Que vas-tu faire? » A tâtons, de ses vieilles mains qui tremblent, elle cherche le loquet... Une fenêtre qui s'ouvre, le bruit d'un corps sur les dalles de la cour, et c'est tout...

Il s'était dit, le pauvre enfant : « Je l'aime trop... Je m'en vais... » Ah! misérables cœurs que nous sommes. C'est un peu fort pourtant que le mépris ne puisse pas tuer l'amour!...

Ce matin-là, les gens du village se demandèrent qui pouvait crier ainsi, là-bas, du côté du *mas* d'Estève...

C'était, dans la cour, devant la table de pierre couverte de rosée et de sang, la mère toute nue qui se lamentait, avec son enfant mort sur ses bras

LA MULE DU PAPE

―――

De tous les jolis dictons, proverbes ou adages dont nos paysans de Provence passementent leurs discours, je n'en sais pas un plus pittoresque ni plus singulier que celui-ci. A quinze lieues autour de mon moulin, quand on parle d'un homme rancunier, vindicatif, on dit : « Cet homme-là, méfiez-vous !..... il est comme la mule du pape, qui garde sept ans son coup de pied. »

J'ai cherché bien longtemps d'où ce
proverbe pouvait venir, ce que c'était que
cette mule papale et ce coup de pied
gardé pendant sept ans. Personne ici n'a
pu me renseigner à ce sujet, pas même
Francet Mamaï, mon joueur de fifre, qui
connaît pourtant son légendaire provençal sur le bout du doigt. Francet pense
comme moi, qu'il y a là-dessous quelque
ancienne chronique du pays d'Avignon;
mais il n'en a jamais entendu parler autrement que par le proverbe... « Vous ne
trouverez cela qu'à la bibliothèque des
Cigales », m'a dit le vieux fifre en riant.
L'idée m'a paru bonne, et, comme la
bibliothèque des Cigales est à ma porte,
je suis allé m'y enfermer pendant huit
jours.

C'est une bibliothèque merveilleuse,
admirablement montée, ouverte aux

poëtes jour et nuit et desservie par de petits
bibliothécaires à cymbales qui vous font
de la musique tout le temps. J'ai passé là
quelques journées délicieuses, et, après
une semaine de recherches — sur le dos,
j'ai fini par découvrir ce que je voulais,
c'est-à-dire l'histoire de ma mule et de ce
fameux coup de pied gardé pendant sept
ans. Le conte en est joli quoiqu'un peu
naïf, et je vais essayer de vous le dire tel
que je l'ai lu hier matin dans un manu-
scrit couleur du temps, qui sentait bon la
lavande sèche et avait de grands fils de la
Vierge pour sinets.

———

Qui n'a pas vu Avignon du temps des
Papes, n'a rien vu. Pour la gaieté, la
vie, l'animation, le train des fêtes, jamais

une ville pareille. C'était du matin au
soir des processions, des pèlerinages, les
rues jonchées de fleurs, tapissées de
hautes lices, des arrivages de cardinaux
par le Rhône, bannières au vent, galères
pavoisées, les soldats du Pape qui chantaient du latin sur les places, les crécelles
des frères quêteurs ; puis du haut en bas
des maisons qui se pressaient en bour-
donnant autour du grand palais papal
comme des abeilles autour de leur ruche
c'était encore le tictac des métiers à dentelles, le va-et-vient des navettes tis-
sant l'or des chasubles, les petits marteaux des ciseleurs de burettes, les tables
d'harmonie qu'on ajustait chez les lu-
thiers, les cantiques des ourdisseuses ; —
par là-dessus le bruit des cloches, et toujours quelques tambourins qu'on entendait ronfler, là-bas, du côté du pont. Car

5

chez nous, quand le peuple est content, il faut qu'il danse, il faut qu'il danse; et comme en ce temps-là les rues de la ville étaient trop étroites pour la farandole, fifres et tambourins se postaient sur le pont d'Avignon, au vent frais du Rhône, et jour et nuit l'on y dansait, l'on y dansait... Ah! l'heureux temps! l'heureuse ville! Des hallebardes qui ne coupaient pas; des prisons d'état où l'on mettait le vin à rafraîchir! Jamais de disette; jamais de guerre!... Voilà comment les Papes du Comtat savaient gouverner leur peuple; voilà pourquoi leur peuple les a tant regrettés!...

Il y en a un surtout, un bon vieux, qu'on appelait Boniface... Oh! celui-là, que de larmes on a versées en Avignon quand il est mort. C'était un prince si aimable, si avenant; il vous riait si bien

du haut de sa mule, et quand vous pas-
siez près de lui, — fussiez-vous un pauvre petit tireur de garance ou le grand
viguier de la ville, — il vous donnait sa
bénédiction si poliment! Un vrai pape
d'Yvetot, mais d'un Yvetot de Provence,
avec quelque chose de fin dans le rire,
un brin de marjolaine à sa barrette, et pas
la moindre Jeanneton... La seule Jeanneton qu'on lui ait jamais connue, à ce
bon père, c'était sa vigne, — une petite
vigne qu'il avait plantée lui-même, à
trois lieues d'Avignon, dans les myrtes
de Châteauneuf.

Tous les dimanches, en sortant de vêpres, le digne homme allait lui faire sa
cour; et quand il était là-haut, assis au
bon soleil, sa mule près de lui, ses cardinaux tout autour, étendus aux pieds des
souches, alors il faisait déboucher un fla-

con de vin du crû — ce beau vin couleur
de rubis qui s'est appelé depuis le Châ-
teau-Neuf-des-Papes, — et il le dégustait par petits coups, en regardant sa
vigne d'un air attendri. Puis, le flacon
vidé, le jour tombant, il rentrait joyeusement à la ville, suivi de tout son cha-
pître ; et, lorsqu'il passait sur le pont d'A-
vignon, au milieu des tambours et des
farandoles, sa mule, mise en train par la
musique, prenait un petit amble sautil-
lant, tandis que lui-même il marquait le
pas de la danse avec sa barrette, ce qui
scandalisait fort ses cardinaux, mais faisait dire à tout le peuple : « Ah ! le bon
prince ! Ah ! le brave pape ! »

Après sa vigne de Château-Neuf, ce que le pape aimait le plus au monde, c'était sa mule. Le bonhomme en raffolait, de cette bête-là. Tous les soirs, avant de se coucher, il allait voir si son écurie était bien fermée, si rien ne manquait dans sa mangeoire, et jamais il ne se serait levé de table sans faire préparer sous ses yeux un grand bol de vin à la française, avec beaucoup de sucre et d'aromates, qu'il allait lui porter lui-même, malgré les observations de ses cardinaux... Il faut dire aussi que la bête en valait la peine. C'était une belle mule noire mouchetée de rouge, le pied sûr, le poil luisant, la croupe large et pleine, — portant fièrement sa petite tête sèche toute harnachée de pompons, de nœuds, de grelots d'argent, de bouffettes; avec cela douce comme un ange, l'œil naïf, et deux longues oreilles toujours en branle, qui lui donnaient l'air bon enfant... Tout Avignon la respectait, et, quand elle allait dans les rues, il n'y avait pas de bonnes manières qu'on ne lui fît; car chacun savait que c'était le plus sûr moyen d'être bien en cour, et qu'avec son air innocent, la mule du pape en avait mené plus d'un à la fortune, à preuve Tistet Védène et sa prodigieuse aventure.

Ce Tistet Védène était, dans le principe, un effronté galopin, que son père, Guy Védène, le sculpteur d'or, avait été obligé de chasser de chez lui, parce qu'il ne voulait rien faire et débauchait les apprentis. Pendant six mois on le vit traîner sa jaquette dans tous les ruisseaux d'Avignon, mais principalement du côté de la maison papale; car le drôle avait depuis longtemps son idée sur la

mule du pape, et vous allez voir que c'é-
tait quelque chose de malin..... Un jour
que Sa Sainteté se promenait toute seule
sous les remparts avec sa bête, voilà mon
Tistet qui l'aborde, et lui dit en joignant
les mains d'un air d'admiration : « Ah
« mon Dieu ! grand Saint-Père, quelle
« brave mule vous avez là !... Laissez un
« peu que je la regarde..... Ah ! mon
« pape, la belle mule !... L'empereur
« d'Allemagne n'en a pas une pareille. »
Et il la caressait, et il lui parlait doucement comme à une demoiselle : « Venez
« ça, mon bijou, mon trésor, ma perle
« fine... » Et le bon pape, tout ému, se
disait dans lui-même : « Quel bon petit
« garçonnet !... Comme il est gentil avec
« ma mule ! » Et puis le lendemain savez-
vous ce qu'il arriva ? Tistet Védène tro-
qua sa vieille jaquette jaune contre une

belle aube en dentelles, un camail de soie violette, des souliers à boucles, et il entra dans la maîtrise du pape, où jamais avant lui on n'avait reçu que des fils de nobles et des neveux de cardinaux... Voilà ce que c'est que l'intrigue!... Mais Tistet ne s'en tint pas là.

Une fois au service du pape, le drôle continua le jeu qui lui avait si bien réussi. Insolent avec tout le monde, il n'avait d'attentions ni de prévenances que pour la mule, et toujours on le rencontrait par les cours du palais avec une poignée d'avoine ou une bottelée de sainfoin, dont il secouait gentiment les grappes roses en regardant le balcon du Saint-Père, d'un air de dire : « Hein!... pour qui ça?... » Tant et tant qu'à la fin le bon pape, qui se sentait devenir vieux, en arriva à lui laisser le soin de veiller sur

l'écurie et de porter à la mule son bol de
vin à la française; ce qui ne faisait pas
rire les cardinaux.

————

Ni la mule non plus, cela ne la faisait
pas rire..... Maintenant, à l'heure de son
vin, elle voyait toujours arriver chez elle
cinq ou six petits clercs de maîtrise qui
se fourraient vite dans la paille avec leurs
camails et leurs dentelles; puis au bout
d'un moment une bonne odeur chaude de
caramel et d'aromates emplissait l'écurie,
et Tistet Védène apparaissait portant
avec précaution le bol de vin à la française. Alors le martyre de la pauvre bête
commençait.

Ce vin parfumé qu'elle aimait tant,

5.

qui lui tenait chaud, qui lui mettait des
ailes, on avait la cruauté de le lui apporter, là, dans sa mangeoire, de le lui faire
respirer; puis, quand elle en avait les
narines pleines, passe je t'ai vu! La
belle liqueur de flamme rose s'en allait
toute dans le gosier de ces garnements...
Et encore s'ils n'avaient fait que lui voler son vin; mais c'étaient comme des
diables, tous ces petits clercs, quand ils
avaient bu!... L'un lui tirait les oreilles,
l'autre la queue; Quiquet lui montait sur
le dos, Béluguet lui essayait sa barrette,
et pas un de ces galopins ne songeait que
d'un coup de reins ou d'une ruade la
brave bête aurait pu les envoyer tous
dans l'étoile polaire, et même plus loin...
Mais non! On n'est pas pour rien la
mule du pape, la mule des bénédictions
et des indulgences... Les enfants avaient

beau faire, elle ne se fâchait pas; et ce n'est qu'à Tistet Védène qu'elle en voulait... Celui-là, par exemple, quand elle le sentait derrière elle, son sabot lui démangeait, et vraiment il y avait bien de quoi. Ce vaurien de Tistet lui jouait de si vilains tours! il avait de si cruelles inventions après boire!...

Est-ce qu'un jour il ne s'avisa pas de la faire monter avec lui dans le clocheton de la maîtrise, là-haut, tout là-haut, à la pointe du palais... Et ce que je vous dis là n'est pas un conte, deux cent mille Provençaux l'ont vu. Vous figurez-vous la terreur de cette malheureuse mule, lorsqu'après avoir tourné pendant une heure à l'aveuglette dans un escalier en colimaçon et grimpé je ne sais combien de marches, elle se trouva tout à coup sur une plate-forme éblouissante de lumière, et qu'à mille pieds au-dessous d'elle elle aperçut tout un Avignon fantastique, les baraques du marché pas plus grosses que des noisettes, les soldats du pape devant leur caserne comme des fourmis rouges, et là-bas, sur un fil d'argent, un petit pont microscopique où l'on dansait, où l'on dansait... Ah pauvre bête! quelle panique! Du cri qu'elle en poussa, toutes les vitres du palais tremblèrent.

« Qu'est-ce qu'il y a? qu'est-ce qu'on lui fait? » s'écria le bon pape en se précipitant sur son balcon.

Tistet Védène était déjà dans la cour, faisant mine de pleurer et de s'arracher les cheveux : « Ah! grand saint-père, ce qu'il y a!... Il y a que votre mule... Mon Dieu! qu'allons-nous devenir?... Il y a que votre mule est montée dans le clocheton...

— Toute seule ???

—Oui, grand Saint-Père, toute seule...
Tenez ! regardez-la là haut... Voyez-vous
le bout de ses oreilles qui passe ?... On dirait deux hirondelles !...

— Miséricorde ! fit le pauvre pape en
levant les yeux... Mais elle est donc de-
venue folle ! Mais elle va se tuer... Veux-
tu bien descendre, malheureuse !... »

Pécaïré ! elle n'aurait pas mieux de-
mandé, elle, que de descendre..; mais par
où ? L'escalier, il n'y fallait pas songer :
ça se monte encore, ces choses-là ; mais
à la descente, il y aurait de quoi se rom-
pre cent fois les jambes... Et la pauvre
mule se désolait, et, tout en rôdant sur la
plate-forme avec ses gros yeux pleins de
vertige, elle pensait à Tistet Védène :

« Ah ! bandit, si j'en réchappe..., quel
coup de sabot demain matin ! »

Cette idée de coup de sabot lui redonnait un peu de cœur aux jambes; sans cela elle n'aurait pas pu se tenir... Enfin on parvint à la tirer de là-haut, mais ce fut toute une affaire. Il fallut la descendre avec un cric, des cordes, une civière. Et vous pensez quelle humiliation pour la mule d'un pape de se voir pendue à cette hauteur, nageant des pattes dans le vide comme un hanneton au bout d'un fil! E tout Avignon qui la regardait!

La malheureuse bête n'en dormit pas de la nuit. Il lui semblait toujours qu'elle tournait sur cette maudite plate-forme, avec les rires de la ville au-dessous. Puis elle pensait à cet infâme Tistet Védène et au joli coup de sabot qu'elle allait lui détacher le lendemain matin. Ah! mes amis, quel coup de sabot! De Pampelune on en verrait la fumée... Or, pendant qu'on lui préparait cette belle réception à l'écurie, savez-vous ce que faisait Tistet Védène ? Il descendait le Rhône en chantant sur une galère papale, et s'en allait à la cour de Naples avec la troupe de jeunes nobles que la ville envoyait tous les ans près de la reine Jeanne, pour s'exercer à la diplomatie et aux belles manières. Tistet n'était pas noble ; mais le pape tenait à le récompenser des soins qu'il avait donnés à sa bête, et principalement de l'activité qu'il venait de déployer pendant la journée du sauvetage.

C'est la mule qui fut désappointée le lendemain ! « Ah le bandit ! il s'est douté de quelque chose !... pensait-elle en secouant ses grelots avec fureur... ; mais c'est égal, va, mauvais ! tu le retrouveras au retour, ton coup de sabot..., je te le garde ! ! » Et elle le lui garda.

Après le départ de Tistet, la mule du pape retrouva son train de vie tranquille et ses allures d'autrefois. Plus de Quiquet, plus de Béluguet à l'écurie. Les beaux jours du vin à la française étaient revenus, et avec eux la bonne humeur, les longues siestes, et le petit pas de gavotte quand elle passait sur le pont d'Avignon. Pourtant, depuis son aventure, on lui marquait toujours un peu de froideur dans la ville. Il y avait des chuchottements sur sa route ; les vieilles gens hochaient la tête, les enfants riaient en se montrant le clocheton. Le bon pape lui-même n'avait plus autant de confiance en son amie, et, lorsqu'il se laissait aller à faire un petit somme sur son dos, le dimanche, en revenant de la vigne, il gardait toujours cette arrière-pensée : « Si j'allais me réveiller là-haut, sur la plate-

forme! » La mule voyait cela, et elle en
souffrait, sans rien dire; seulement,
quand on prononçait le nom de Tistet
Védène devant elle, ses longues oreilles
frémissaient, et elle aiguisait avec un petit
rire le fer de ses sabots sur le pavé...

Sept ans se passèrent ainsi; puis, au
bout de ces sept années, Tistet Védène
revint de la cour de Naples. Son temps
n'était pas encore fini là-bas; mais il
avait appris que le premier moutardier du
pape venait de mourir subitement en
Avignon, et, comme la place lui semblait
bonne, il était arrivé en grande hâte pour
se mettre sur les rangs.

Quand cet intrigant de Védène entra
dans la salle du palais, le saint-père eut
peine à le reconnaître, tant il avait grandi
et pris du corps. Il faut dire aussi que le
bon pape s'était fait vieux de son côté, et

qu'il n'y voyait pas bien sans besicles.

Tistet ne s'intimida pas :

« Comment ! grand Saint-Père, vous ne me reconnaissez plus ?... C'est moi, Tistet Védène !...

— Védène ?...

— Mais oui, vous savez bien... celui qui portait le vin français à votre mule.

— Ah ! oui... oui... je me rappelle... Un bon petit garçonnet, ce Tistet Védène... Et maintenant qu'est-ce qu'il veut de nous ?

— Oh ! peu de chose, grand Saint-Père... Je venais vous demander... A propos, est-ce que vous l'avez toujours, votre mule ? Et elle va bien ?... Ah ! tant mieux !.. Je venais vous demander la place du premier moutardier qui vient de mourir.

— Premier moutardier, toi!... Mais tu
es trop jeune. Quel âge as-tu donc?

— Vingt ans deux mois, illustre pon-
tife, juste cinq ans de plus que votre
mule... Ah! palme de Dieu, la brave
bête!... Si vous saviez comme je l'aimais,
cette mule-là..., comme je me suis langui
d'elle en Italie!... Est-ce que vous ne
me la laisserez pas voir?...

— Si, mon enfant, tu la verras, fit le
bon pape tout ému... Et puisque tu l'ai-
mes tant, cette brave bête, je ne veux plus
que tu vives loin d'elle. Dès ce jour je
t'attache à ma personne en qualité de
premier moutardier... Mes cardinaux
crieront, mais tant pis! j'y suis habitué...
Viens nous trouver demain, à la sortie de
vêpres, nous te remettrons les insignes
de ton grade en présence de notre chapitre, et puis .. je te mènerai voir la mule,

et tu viendras à la vigne avec nous deux,...
hé ! hé ! Allons ! va... »

Si Tistet Védène était content en sortant de la grande salle, avec quelle impa-
tience il attendit la cérémonie du lendemain, je n'ai pas besoin de vous le dire.
Pourtant il y avait dans le palais quel·
qu'un de plus heureux encore et de plus
impatient que lui : c'était la mule. Depuis
le retour de Védène jusqu'aux vêpres du
jour suivant, la terrible bête ne cessa de
se bourrer d'avoine et de tirer au mur
avec ses sabots de derrière. Elle aussi se
préparait pour la cérémonie...

Et donc, le lendemain, lorsque vêpres
furent dites, Tistet Védène fit son entrée
dans la cour du palais papal. Tout le haut
clergé était là, les cardinaux en robes
rouges, l'avocat du diable en velours
noir, les abbés de couvent avec leurs pe-

tites mitres, les marguilliers de Saint-
Agrico, les camails violets de la maîtrise,
le bas clergé aussi, les soldats du pape en
grand uniforme, les trois confréries de
pénitents, les ermites du mont Ventour
avec leurs mines farouches et le petit
clerc qui va derrière en portant la clo-
chette, les frères flagellants, nus jusqu'à
la ceinture, les sacristains fleuris en robes
de juges, tous, tous, jusqu'aux donneurs
d'eau bénite, et celui qui allume, et celui
qui éteint : il n'y en avait pas un qui
manquât... Ah ! c'était une belle ordina-
tion ! Des cloches, des pétards, du soleil,
de la musique, et toujours ces enragés
tambourins qui menaient la danse, là-bas,
sur le pont d'Avignon...

Quand Védène parut au milieu de l'assemblée, sa prestance et sa belle mine y
firent courir un murmure d'admiration.

C'était un magnifique Provençal, mais des blonds, avec de grands cheveux frisés au bout et une petite barbe follette qui semblait prise aux copeaux de fin métal tombés du burin de son père, le sculpteur d'or. Le bruit courait que dans cette barbe blonde les doigts de la reine Jeanne avaient quelquefois joué ; et le sire de Védène avait bien, en effet, l'air glorieux et le regard distrait des hommes que les reines ont aimés... Ce jour-là, pour faire honneur à sa nation, il avait remplacé ses vêtements napolitains par une jaquette bordée de rose à la Provençale, et sur son chaperon tremblait une grande plume d'ibis de Camargue.

Sitôt entré, le premier moutardier salua d'un air galant, et se dirigea vers le haut perron, où le pape l'attendait pour lui remettre les insignes de son grade : la

cuiller de buis jaune et l'habit de safran.
La mule était au bas de l'escalier, toute
harnachée et prête à partir pour la vigne... Quand il passa près d'elle, Tistet
Védène eut un bon sourire et s'arrêta
pour lui donner deux ou trois petites ta-
pes amicales sur le dos, en regardant du
coin de l'œil si le pape le voyait. La posi-
tion était bonne... La mule prit son élan.
« Tiens ! attrape, bandit ! Voilà sept ans
que je te le garde ! » Et elle vous lui déta-
cha un coup de sabot si terrible, si terrible, que de Pampelune même on en vit
la fumée, un tourbillon de fumée blonde
où voltigeait une plume d'ibis ; tout ce
qui restait de l'infortuné Tistet Védène !...

Les coups de pied de mules ne sont
pas aussi foudroyants d'ordinaire ; mais

celle-ci était une mule papale ; et puis, pensez donc ! elle le lui gardait depuis sept ans... Il n'y a pas de plus bel exemple de rancune ecclésiastique.

LE

PHARE DES SANGUINAIRES.

Cette nuit je n'ai pas pu dormir. Le mistral était en colère et les éclats de sa grande voix m'ont tenu éveillé jusqu'au matin. Balançant lourdement ses ailes mutilées qui sifflaient à la bise comme les agrès d'un navire, tout le moulin craquait. Des tuiles s'envolaient de sa toiture en déroute. Au loin, les pins serrés dont la colline est couverte s'agi-

6

taient et bruissaient dans l'ombre. On se
serait cru en pleine mer...

Cela m'a rappelé tout à fait mes
belles insomnies d'il y a trois ans, quand
j'habitais le phare des Sanguinaires, là-
bas, sur la côte corse, à l'entrée du golfe
d'Ajaccio.

Encore un joli coin que j'avais trouvé
là pour rêver et pour être seul.

Figurez-vous une île rougeâtre et d'aspect farouche; le phare à une pointe, à
l'autre une vieille tour génoise où, de
mon temps, logeait un aigle. En bas, au
bord de l'eau, un lazaret en ruine, en-
vahi de partout par les herbes; puis des
ravins, des maquis, de grandes roches,
quelques chèvres sauvages, de petits
chevaux corses gambadant la crinière au
vent; enfin là-haut, tout en haut, dans
un tourbillon d'oiseaux de mer, la mai-

son du phare, avec sa plate-forme en maçonnerie blanche, où les gardiens se promènent de long en large, la porte verte en ogive, la petite tour de fonte, et au-dessus la grosse lanterne à facettes qui flambe au soleil et fait de la lumière même pendant le jour... Voilà l'île des Sanguinaires, comme je l'ai revue cette nuit, en entendant ronfler mes pins. C'est dans cette île enchantée qu'avant d'avoir un moulin, j'allais m'enfermer quelquefois, lorsque j'avais besoin de grand air et de solitude.

Ce que je faisais ?

Ce que je fais ici, moins encore. Quand le mistral ou la tramontane ne souf-flaient pas trop fort, je venais me mettre entre deux roches au ras de l'eau, au milieu des goëlands, des merles, des hi-rondelles, et j'y restais presque tout le jour dans cette espèce de stupeur et d'accablement délicieux que donne la contemplation de la mer. Vous connaissez, n'est-ce pas, cette jolie griserie de l'âme ? On ne pense pas, on ne rêve pas non plus. Tout votre être vous échappe, s'envole, s'éparpille. On est la mouette qui plonge, la poussière d'écume qui flotte au soleil entre deux vagues, la fumée blanche de ce paquebot qui s'éloigne, ce petit corailleur à voile rouge, cette perle d'eau, ce flocon de brume, tout excepté soi-même... Oh ! que j'en ai passé dans mon île de ces belles heures de demi-sommeil et d'éparpillement !...

Les jours de grand vent, le bord de l'eau n'étant pas tenable, je m'enfermais dans la cour du lazaret, une petite cour mélancolique, tout embaumée de ro-

marin et d'absinthe sauvage, et là, blotti
contre un pan de vieux mur, je me lais-
sais envahir doucement par le vague
parfum d'abandon et de tristesse qui
flottait avec le soleil dans les logettes de
pierre, ouvertes tout autour comme
d'anciennes tombes. De temps en temps
un battement de porte, un bond léger
dans l'herbe... C'était une chèvre qui
venait brouter à l'abri du vent. En me
voyant, elle s'arrêtait interdite, et restait
plantée devant moi, l'air vif, la corne
haute, me regardant d'un œil enfan-
tin...

Vers cinq heures le porte-voix des
gardiens m'appelait pour le dîner. Je
prenais alors un petit sentier dans le
maquis grimpant à pic au-dessus de la
mer, et je revenais lentement vers le
phare, me retournant à chaque pas sur

6.

cet immense horizon d'eau et de lumière qui semblait s'élargir à mesure
que je montais.

———

Là-haut c'était charmant. Je vois encore cette belle salle à manger à larges
dalles, à lambris de chène, la bouillabaisse fumant au milieu, la porte grande
ouverte sur la terrasse blanche et tout le
couchant qui entrait... Les gardiens
étaient là, m'attendant pour se mettre à
table. Il y en avait trois, un Marseillais
et deux Corses, tous trois petits, barbus,
le même visage tanné, crevassé, le même
pelone (caban) en poil de chèvre, mais
d'allure et d'humeur entièrement op-
posées.

A la façon de vivre de ces gens, on

sentait tout de suite la différence des deux races. Le Marseillais, industrieux et vif, toujours affairé, toujours en mouvement, courait l'île du matin au soir, jardinant, pêchant, ramassant des œufs de *gouailles,* s'embusquant dans le maquis pour traire une chèvre au passage ; et toujours quelque aïoli ou quelque bouillabaisse en train.

Les Corses, eux, en dehors de leur service, ne s'occupaient absolument de rien ; ils se considéraient comme des fonctionnaires, et passaient toutes leurs journées dans la cuisine à jouer d'interminables parties de *scopa,* ne s'interrompant que pour rallumer leurs pipes d'un air grave, et hacher avec des ciseaux dans le creux de leurs mains de grandes feuilles de tabac vert...

Du reste, Marseillais et Corses, tous

trois de bonnes gens, simples, naïfs, et pleins de prévenances pour leur hôte, quoiqu'au fond il dût leur paraître un monsieur bien extraordinaire...

Pensez donc, venir s'enfermer au phare pour son plaisir !... Eux qui trouvent les journées si longues, et qui sont si heureux quand c'est leur tour d'aller à terre... Dans la belle saison, ce grand bonheur leur arrive tous les mois. Dix jours de terre pour trente jours de phare, voilà le règlement ; mais avec l'hiver et les gros temps, il n'y a plus de règlement qui tienne. Le vent souffle, la vague monte, les Sanguinaires sont blanches d'écume, et les gardiens de service restent bloqués deux ou trois mois de suite, quelquefois même dans de terribles conditions.

« Voici ce qui m'est arrivé à moi,

monsieur, me contait un jour le vieux
Bartoli, pendant que nous dînions,
voici ce qui m'est arrivé il y a cinq ans,
à cette même table où nous sommes, un
soir d'hiver, comme maintenant. Ce soir-
là nous n'étions que deux dans le phare,
moi et un camarade qu'on appelait
Tchéco... Les autres étaient à terre, malades, en congé, je ne sais plus... Nous
finissions de dîner, bien tranquilles...
Tout à coup voilà mon camarade qui
s'arrête de manger, me regarde un moment avec de drôles d'yeux, et pouf !
tombe sur la table, les bras en avant. Je
vais à lui, je le secoue, je l'appelle :
« O Tché !... O Tché !... » Rien ! Il
était mort... Vous jugez quelle émotion !
Je restai plus d'une heure stupide et
tremblant devant ce cadavre. Puis subitement cette idée me vient : « Et le

phare ! » Je n'eus que le temps de monter
dans la lanterne et d'allumer. La nuit
était déjà là... Quelle nuit, monsieur !
La mer, le vent, n'avaient plus leurs voix
naturelles. A tout moment il me semblait que quelqu'un m'appelait dans l'escalier... Avec cela, une fièvre, une soif !
Mais vous ne m'auriez pas fait descendre... j'avais trop peur du mort !
Pourtant, au petit jour, le courage me
revint un peu. Je portai mon camarade
sur son lit ; un drap dessus, un bout de
prière, et puis vite aux signaux d'a-
larme.

« Malheureusement la mer était trop
grosse ; j'eus beau appeler, appeler, personne ne vint... Me voilà seul dans le
phare avec mon pauvre Tchéco, et Dieu
sait pour combien de temps !... J'espé-
rais pouvoir le garder près de moi jus-

qu'à l'arrivée du bateau ; mais au bout
de trois jours ce n'était plus possible...
Comment faire ? Le porter dehors, l'en-
terrer ? La roche était trop dure, et il y a
tant de corbeaux dans l'île ! C'était pitié
de leur abandonner ce chrétien. Alors je
songeai à le descendre dans une des logettes du lazaret... Ça me prit toute une
après-midi, cette triste corvée-là, et je
vous réponds qu'il m'en fallut, du courage... Tenez ! monsieur, encore aujour-
d'hui, quand je descends ce côté de l'île
par une après-midi de grand vent, il me
semble que j'ai toujours le mort sur les
épaules... »

Pauvre vieux Bartoli ! La sueur lui
en coulait sur le front, rien que d'y
penser.

Nos repas se passaient ainsi à causer
longuement : le phare, la mer, des ré-
cits de naufrages, des histoires de bandits corses... Puis, le jour tombant, le
gardien du premier quart allumait sa petite lampe, prenait sa pipe, sa gourde,
un gros Plutarque à tranche rouge,
toute la bibliothèque des Sanguinaires,
et disparaissait par le fond. Au bout
d'un moment, c'était dans tout le phare
un fracas de chaînes, de poulies, de gros
poids d'horloges qu'on remontait.

Moi, pendant ce temps, j'allais m'asseoir dehors, sur la terrasse. Le soleil,
déjà très-bas, descendait vers l'eau de
plus en plus vite, entraînant tout l'horizon après lui. Le vent fraîchissait,
l'île devenait violette. Dans le ciel, près
de moi, un gros oiseau passait lourdement : c'était l'aigle de la tour génoise

qui rentrait... Peu à peu la brume de mer montait. Bientôt on ne voyait plus que l'ourlet blanc de l'écume autour de l'île... Tout à coup, au-dessus de ma tête, jaillissait un grand flot de lumière douce. Le phare était allumé. Laissant toute l'île dans l'ombre, le clair rayon allait tomber au large sur la mer, et j'étais là perdu dans la nuit, sous ces grandes ondes lumineuses qui m'éclaboussaient à peine en passant... Mais le vent fraîchissait encore. Il fallait rentrer. A tâtons, je fermais la grosse porte, j'assurais les barres de fer; puis, toujours tâtonnant, je prenais un petit escalier de fonte qui tremblait et sonnait sous mes pas, et j'arrivais au sommet du phare. Ici, par exemple, il y en avait, de la lumière !

Imaginez une lampe carcel gigantesque à six rangs de mèches, autour de laquelle pivotent lentement les parois de la lanterne, les unes remplies par une énorme lentille de cristal, les autres ouvertes sur un grand vitrage immobile qui met la flamme à l'abri du vent... En entrant j'étais ébloui. Ces cuivres, ces étains, ces réflecteurs de métal blanc, ces murs de cristal bombé qui tournaient avec de grands cercles bleuâtres, tout ce miroitement, tout ce cliquetis de lumière, me donnait un moment de vertige.

Peu à peu, cependant, mes yeux s'y faisaient, et je venais m'asseoir au pied même de la lampe, à côté du gardien, qui lisait son Plutarque à haute voix, de peur de s'endormir...

Au dehors, le noir, l'abîme. Sur le petit balcon qui tourne autour du vitrage, le vent court comme un fou, en hurlant. Le phare craque, la mer ronfle. A la pointe de l'île, sur les brisants, les lames font comme des coups de canon... Par moments, un doigt invisible frappe aux carreaux : quelque oiseau de nuit, que la lumière attire, et qui vient se casser la tête contre le cristal... Dans la lanterne étincelante et chaude, rien que le crépitement de la flamme, le bruit de l'huile qui s'égoutte, de la chaîne qui se dévide, et une voix monotone psalmodiant la vie de Démétrius de Phalère...

A minuit, le gardien se levait, jetait un dernier coup d'œil à ses mèches, et nous descendions. Dans l'escalier on rencontrait le camarade du second quart qui

montait en se frottant les yeux; on lui
passait la gourde, le Plutarque... Puis,
avant de gagner nos lits, nous entrions
un moment dans la chambre du fond,
toute encombrée de chaînes, de gros
poids, de réservoirs d'étain, de cordages,
et là, à la lueur de sa petite lampe, le
gardien écrivait sur le grand livre du
phare, toujours ouvert :

« *Minuit. Grosse mer. Tempête.*
Navire au large. »

L'AGONIE

DE LA SÉMILLANTE.

Puisque le mistral de l'autre nuit nous a jetés sur la côte corse, laissez-moi vous raconter une terrible histoire de mer dont les pêcheurs de là-bas parlent souvent à la veillée, et sur laquelle le hasard m'a fourni des renseignements fort curieux.

..... Il y a deux ou trois ans de cela.

Je courais la mer de Sardaigne en compagnie de sept ou huit matelots douaniers. Rude voyage pour un novice : de tout le mois de mars, nous n'eûmes pas un jour de bon. Le vent d'est s'était acharné après nous, et la mer ne décolérait pas.

Un soir que nous fuyions devant la tempête, notre bateau vint se réfugier à l'entrée du détroit de Bonifacio, au milieu d'un massif de petites îles... Leur aspect n'avait rien d'engageant : de grands rocs pelés couverts d'oiseaux, quelques touffes d'absinthe, des mâquis de lentisque, et, çà et là, dans la vase, des pièces de bois en train de pourrir ; mais, ma foi ! pour passer la nuit, ces roches sinistres valaient encore mieux que le rouffe d'une vieille barque à demi pontée, où la lame entrait comme chez elle, et nous nous en contentâmes.

A peine débarqués, tandis que les ma-

telots allumaient le feu pour faire la bouillabaisse, le patron m'appela, et me montrant un petit enclos de maçonnerie
blanche, perdu dans la brume au bour
de l'île :

« Venez-vous au cimetière? me dit-il.

— Un cimetière, patron Lionetti? Où
sommes-nous donc?

— Aux îles Lavezzi, monsieur. C'est
ici que sont enterrés les six cents hommes
de la *Sémillante*, à l'endroit même où
leur frégate s'est perdue, il y a dix ans...
Pauvres gens! ils ne reçoivent pas beaucoup de visites; c'est bien le moins que
nous allions leur dire bonjour, puisque
nous voilà...

— De tout mon cœur, patron. »

Qu'il était triste le cimetière de la *Sémillante!*... Je le vois encore avec sa petite muraille basse, sa porte de fer, rouillée, dure à ouvrir, sa chapelle silencieuse, et des centaines de croix noires cachées par l'herbe... Pas une couronne d'immortelles, pas un souvenir, rien..... Ah! les pauvres morts abandonnés, comme ils doivent avoir froid dans leur tombe de hasard.

Nous restâmes là un moment, agenouillés. Le patron priait à haute voix; d'énormes goëlands, seuls gardiens du cimetière, tournoyaient sur nos têtes et mêlaient leurs cris rauques aux lamentations de la mer.

La prière finie, nous revînmes tristement vers le coin de l'île où la barque était amarrée. En notre absence, les matelots n'avaient pas perdu leur temps.

Nous trouvâmes un grand feu flambant à l'abri d'une roche, et la marmite qui fumait. On s'assit en rond, les pieds à la flamme, et bientôt chacun eut sur ses genoux, dans une écuelle de terre rouge, deux tranches de pain noir arrosées largement. Le repas fut silencieux ; nous étions mouillés, nous avions faim, et puis le voisinage du cimetière..... Pourtant, quand les écuelles furent vidées, on alluma les pipes et on se mit à causer un peu. Naturellement, on parlait de la *Sémillante.*

« Mais enfin, comment la chose s'est-elle passée? demandai-je au patron, qui, la tête dans ses mains, regardait la flamme d'un air pensif.

— Comment la chose s'est passée, me répondit le bon Lionetti avec un gros soupir, hélas ! monsieur, personne au monde

7.

ne pourrait le dire. Tout ce que nous sa-
vons, c'est que la *Sémillante*, chargée de
troupes pour la Crimée, était partie de
Toulon, la veille au soir, avec le mauvais temps. La nuit, ça se gâta encore.
Du vent, de la pluie, la mer énorme
comme on ne l'avait jamais vue... Le matin, le vent tomba un peu, mais la mer
était toujours dans tous ses états, et avec
cela une sacrée brume du diable à ne pas
distinguer un fanal à quatre pas... Ces
brumes-là, monsieur, on ne se doute pas
comme c'est traître... Ça ne fait rien, j'ai
idée que la *Sémillante* a dû perdre son
gouvernail dans la matinée, car il n'y a
pas de brume qui tienne ; sans une avarie,
jamais le capitaine ne serait venu s'apla-
tir ici contre. C'était un rude marin, que
nous connaissions tous. Il avait com-
mandé la station en Corse pendant trois

ans, et savait sa côte aussi bien que moi, qui ne sais pas autre chose.

— Et à quelle heure pense-t-on que la *Sémillante* a péri?

— Ce doit être à midi; oui, monsieur, en plein midi... Mais dame, avec la brume de mer, ce plein midi-là ne valait guère mieux qu'une nuit noire comme la gueule d'un loup... Un douanier de la côte m'a raconté que ce jour-là, vers onze heures et demie, étant sorti de sa maisonnette pour rattacher ses volets, il avait eu sa casquette emportée par un coup de vent, et qu'au risque d'être enlevé lui-même par la lame, il s'était mis à courir après, le long du rivage, à quatre pattes. Vous comprenez, les douaniers ne sont pas riches, et une casquette, ça coûte cher. Or il paraîtrait qu'à un moment notre homme, en relevant la tête, aurait aperçu tout près de lui, dans la brume, un gros navire à sec de toiles qui fuyait sous le vent du côté des îles Lavezzi. Ce navire allait si vite, si vite, que le douanier n'eut guère le temps de bien voir. Tout fait croire cependant que c'était la *Sémillante*, puisque une demi-heure après le berger des îles a entendu sur ces roches... Mais précisément voici le berger dont je vous parle, monsieur ; il va vous conter la chose lui-même... Bonjour, Palombo... viens te chauffer un peu ; n'aie pas peur. »

Un homme encapuchonné, que je voyais rôder depuis un moment autour de notre feu et que j'avais pris pour quelqu'un de l'équipage, car j'ignorais qu'il y eût un berger dans l'île, s'approcha de nous craintivement.

C'était un vieux lépreux, aux trois quarts idiot, atteint de je ne sais que

mal scorbutique qui lui faisait de grosses
lèvres lippues, horribles à voir. On lui
expliqua à grand'peine de quoi il s'agissait. Alors, soulevant du doigt sa lèvre
malade, le vieux nous raconta qu'en effet
le jour en question, vers midi, il entendit
de sa cabane un craquement effroyable
sur les roches. Comme l'île était toute
couverte d'eau, il n'avait pas pu sortir,
et c'est le lendemain seulement qu'en ouvrant sa porte, il avait vu le rivage en-
combré de débris et de cadavres laissés là
par la mer. Épouvanté, il s'était enfui en
courant vers sa barque, pour aller à
Bonifacio chercher du monde.

———

Fatigué d'en avoir tant dit, le berger
s'assit, et le patron reprit la parole :

« Oui, monsieur, c'est ce pauvre vieux qui est venu nous prévenir. Il étai² presque fou de peur, et, de l'affaire, sa cervelle en est restée détraquée. Le fait est qu'il y avait de quoi... Figurez-vous six cents cadavres, en tas sur le sable, pêle-mêle avec les éclats de bois et les lambeaux de toiles..... Pauvre *Sémillante !*... la mer l'avait broyée du coup, et si bien mise en miettes que dans tous ses débris le berger Palombo n'a trouvé qu'à grand'peine de quoi faire une palissade autour de sa hutte..... Quant aux hommes, presque tous défigurés, mutilés affreusement... c'était pitié de les voir accrochés les uns aux autres, par grappes... Nous trouvâmes le capitaine en grand costume, l'aumônier son étole au cou ; dans un coin, entre deux roches, un petit mousse, les yeux ouverts... on aurait cru

qu'il vivait encore ; mais non ! Il était dit
que pas un n'en réchapperait. »

Ici le patron s'interrompit :

« Attention, Nardi, cria-t-il, le feu
s'éteint. »

Nardi jeta sur la braise deux ou trois
morceaux de planches goudronnées qui
s'enflammèrent, et Lionetti continua :

« Ce qu'il y a de plus triste dans cette
histoire, le voici... Trois semaines avant
le sinistre, une petite corvette, qui allait
en Crimée comme la *Sémillante,* avait
fait naufrage de la même façon, presque
au même endroit ; seulement, cette fois-
là, nous étions parvenus à sauver l'équipage et vingt soldats du train qui se
trouvaient à bord... Ces pauvres tringlos
n'étaient pas à leur affaire, vous pensez !
On les emmena à Bonifacio, et nous les
gardâmes pendant deux jours avec nous,

à *la marine*... Une fois bien secs et remis sur pieds, bonsoir! bonne chance!
ils retournèrent à Toulon, où, quelque
temps après, on les embarqua de nouveau pour la Crimée... Devinez sur quel
navire?... Sur la *Sémillante*, monsieur...
Nous les avons retrouvés tous, tous les
vingt, couchés parmi les morts, à la
place où nous sommes... Je relevai moi-
même un joli brigadier à fines moustaches, un blondin de Paris que j'avais
couché à la maison et qui nous avait fait
rire tout le temps avec ses histoires... De
le voir là, ça me creva le cœur..... Ah!
Santa Madre!... »

Là-dessus le brave Lionetti, tout ému,
secoua les cendres de sa pipe et se roula
dans son caban en me souhaitant la bonne
nuit... Pendant quelque temps encore,
les matelots causèrent entre eux à demi-

voix... Puis l'une après l'autre les pipes s'éteignirent... on ne parla plus... Le vieux berger s'en alla, et je restai seul à rêver au millieu de l'équipage endormi.

———

Encore sous l'impression du lugubre récit que je venais d'entendre, j'essayais de reconstruire dans ma pensée le pauvre navire défunt et l'histoire de cette agonie dont les goëlands ont été seuls témoins. Quelques détails qui m'avaient frappé, le capitaine en grand costume, l'étole de l'aumônier, les vingt soldats du train, m'aidaient à deviner toutes les péripéties du drame... Je voyais la frégate partant de Toulon dans la nuit... Elle sort du port. La mer est mauvaise, le vent terrible; mais on a pour capitaine un vaillant marin, et tout le monde est tranquille à bord...

Le matin, la brume de mer se lève. On commence à être inquiet. Tout l'équipage est en haut. Le capitaine ne quitte pas la dunette... Dans l'entre-pont où les soldats sont renfermés, il fait noir ; l'atmosphère est chaude. Quelques-uns sont malades, couchés sur leurs sacs. Le navire tangue horriblement ; impossible de se tenir debout. On cause assis à terre, par groupes, en se cramponnant aux bancs ; il faut crier pour s'entendre. Il y en a qui commencent à avoir peur... Écoutez donc ! Les naufrages sont fréquents dans ces parages-ci ; les tringlos sont là pour le dire, et ce qu'ils racontent n'est pas rassurant. Leur brigadier surtout, un Parisien qui blague toujours, vous donne la chair de poule avec ses plaisanteries :

« Un naufrage!... mais c'est très-amusant, un naufrage. Nous en serons quittes pour un bain à la glace, et puis on nous mènera à Bonifacio, histoire de manger des merles chez le patron Lionetti. » Et les tringlos de rire...

Tout à coup, un craquement... Qu'est-ce que c'est? Qu'arrive-t-il?... « Le gouvernail vient de partir », dit un matelot tout mouillé qui traverse l'entre-pont en courant. « Bon voyage ! » crie cet enragé de brigadier; mais cela ne fait plus rire personne.

Grand tumulte sur le pont. La brume empêche de se voir. Les matelots vont et viennent effrayés à tâtons... Plus de gouvernail ! La manœuvre est impossible... La *Sémillante*, en dérive, file comme le vent... — C'est à ce moment que le douanier la voit passer; il est onze heures et demie. — A l'avant de la frégate, on entend comme des coups de canon... Les brisants! les brisants!... C'est fini, il n'y a plus d'espoir, on va droit à la côte... Le capitaine descend dans sa cabine... Au bout d'un moment, il vient reprendre sa place sur la dunette, — en grand costume... Il a voulu se faire beau pour mourir.

Dans l'entre-pont, les soldats, anxieux, se regardent, sans rien dire.. Les malades essayent de se redresser... le petit brigadier ne rit plus... C'est alors que la porte s'ouvre et que l'aumônier paraît sur le seuil avec son étole : « A genoux, mes enfants! » Tout le monde obéit. D'une voix retentissante, le prêtre commence la prière des agonisants.

Soudain un choc formidable, un cri, un seul cri, un cri immense, des bras tendus, des mains qui se cramponnent, des regards effarés où la vision de la mort passe comme un éclair... Miséricorde!...

———

C'est ainsi que je passai toute la nuit à rêver, évoquant, à dix ans de distance, l'âme du pauvre navire dont les débris m'entouraient... Au loin, dans le détroit, la tempête faisait rage; la flamme du bivac se courbait sous la rafale, et j'entendais notre barque danser au pied des roches en faisant crier son amarre.

LE CURÉ DE CUCUGNAN.

Tous les ans, à la Chandeleur, les poëtes provençaux publient en Avignon un joyeux petit livre rempli jusqu'aux bords de beaux vers et de jolis contes. Celui de cette année m'arrive à l'instant, et j'y trouve un adorable fabliau que je vais essayer de vous traduire en l'abrégeant un peu... Parisiens, tendez vos mannes. C'est de la fine fleur de farine provençale qu'on va vous servir cette fois.

L'abbé Martin était curé... de Cucugnan.

Bon comme le pain, franc comme l'or, il aimait paternellement ses Cucugnanais ; pour lui, son Cucugnan aurait été le paradis sur terre, si les Cucugnanais lui avaient donné un peu plus de satisfaction. Mais, hélas ! les araignées filaient dans son confessionnal, et, le beau jour de Pâques, les hosties restaient au fond de son saint-ciboire. Le bon prêtre en avait le cœur meurtri, et toujours il demandait à Dieu la grâce de ne pas mourir avant d'avoir ramené au bercail son troupeau dispersé.

Or, vous allez voir que Dieu l'entendit.

Un dimanche, après l'Évangile, M. Martin monta en chaire.

« Mes frères, dit-il, vous me croirez
si vous voulez : l'autre nuit, je me suis
trouvé, moi misérable pécheur, à la porte
du paradis.

« Je frappai : saint Pierre m'ouvrit !

« Tiens ! c'est vous, mon brave mon-
« sieur Martin, me fit-il ; quel bon
« vent...? et qu'y a-t-il pour votre ser-
« vice ?

« — Beau saint Pierre, vous qui tenez
« le grand-livre et la clé, pourriez-vous
« me dire, si je ne suis pas trop curieux,
« combien vous avez de Cucugnanais en
« paradis ?

« — Je n'ai rien à vous refuser, mon-
« sieur Martin ; asseyez-vous, nous allons
« voir la chose ensemble. »

« Et saint Pierre prit son gros livre,
l'ouvrit, mit ses besicles :

« Voyons un peu : Cucugnan, disons-

« nous. Cu... Cu... Cucugnan. Nous y
« sommes. Cucugnan... Mon brave
« monsieur Martin, la page est toute
« blanche. Pas une âme... Pas plus de
« Cucugnanais que d'arêtes dans une
« dinde.

« — Comment! Personne de Cucu-
« gnan ici? Personne? Ce n'est pas pos-
« sible! Regardez mieux...

« — Personne, saint homme. Re-
« gardez vous-même, si vous croyez que
« je plaisante. »

« Moi, pécaïré! je frappais des pieds,
et, les mains jointes, je criais miséricorde.
Alors, saint Pierre :

« Croyez-moi, monsieur Martin, il ne
« faut pas ainsi vous mettre le cœur à
« l'envers, car vous pourriez en avoir
« quelque mauvais coup de sang. Ce
« n'est pas votre faute, après tout. Vos

8

« Cucugnanais, voyez-vous, doivent
« faire à coup sûr leur petite quarantaine
« en purgatoire.

« — Ah! par charité, grand saint
« Pierre! faites que je puisse au moins
« les voir, les voir et les consoler.

« — Volontiers, mon ami!... Tenez,
« chaussez vite ces sandales, car les che-
« mins ne sont pas beaux de reste...
« Voilà qui est bien... Maintenant, che-
« minez, cheminez droit devant vous.
« Voyez-vous là-bas, au fond, en tour-
« nant? Vous trouverez une porte d'ar-
« gent toute constellée de croix noi-
« res... à main droite... Vous frapperez,
« on vous ouvrira... Adessias! Tenez-
« vous sain et gaillardet. »

« Et je cheminai.. je cheminai! Quelle battue! J'ai la chair de poule, rien que d'y songer. Un petit sentier plein de ronces, d'escarboucles qui luisaient et de serpents qui sifflaient, m'amena jusqu'à la porte d'argent.

« Pan! pan!

« — Qui frappe? me fait une voix
« rauque et dolente.

« — Le curé de Cucugnan.

« — De...?

« — De Cucugnan.

« — Ah!... Entrez. »

« J'entrai. Un grand bel ange, avec des ailes sombres comme la nuit, avec une robe resplendissante comme le jour, avec une clé de diamant pendue à sa ceinture, écrivait, cra-cra, dans un grand livre plus gros que celui de saint Pierre...

« Finalement, que voulez-vous et que
« demandez-vous? dit l'ange.

« — Bel ange de Dieu, je veux savoir,
« — je suis bien curieux peut-être, — si
« vous avez ici les Cucugnanais.

« — Les?...

« — Les Cucugnanais, les gens de
« Cucugnan, que c'est moi qui suis
« leur prieur.

« — Ah! l'abbé Martin, n'est-ce pas ?

« — Pour vous servir, monsieur
« l'ange.

———

« — Vous dites donc Cucugnan... »

« Et l'ange ouvre et feuillette son grand
livre, mouillant son doigt de salive pour
que le feuillet glisse mieux...

« Cucugnan, dit-il en poussant un

« long soupir... Monsieur Martin, nous
« n'avons en purgatoire personne de Cu-
« cugnan.

« — Jésus! Marie! Joseph! personne
« de Cucugnan en purgatoire! ô Dieu! ô
« grand Dieu! où sont-ils donc?

« — Eh! saint homme, ils sont en pa-
« radis! Où diantre voulez-vous qu'ils
« soient?

« — Mais, j'en viens, du paradis...

« — Vous en venez!!... Eh bien?

« — Eh bien! ils n'y sont pas!... Ah!
« bonne mère des anges!...

« — Que voulez-vous, monsieur le
« curé? s'ils ne sont ni en paradis ni en
« purgatoire, il n'y a pas de milieu, ils
« sont...

« — Sainte croix! Jésus, fils de David!
« ai! ai! ai! est-il possible?... Serait-ce
« un mensonge du grand saint Pierre?...

8.

« Pourtant je n'ai pas entendu chanter
« le coq!... Ai! pauvres nous! comment
« irai-je en paradis, si mes Cucugnanais
« n'y sont pas ?

   « — Écoutez, mon pauvre monsieur
« Martin, puisque vous voulez, coûte
« que coûte, être sûr de tout ceci, et voir
« de vos yeux de quoi il retourne, prenez
« ce sentier, filez en courant, si vous
« savez courir... Vous trouverez, à gau-
« che, un grand portail. Là, vous vous
« renseignerez sur tout. Dieu vous le
« donne! »

   « Et l'ange ferma la porte.

   « C'était un long sentier tout pavé de
braise rouge. Je chancelais comme si
j'avais bu; à chaque pas, je trébuchais;

j'étais tout en eau, chaque poil de mon corps avait sa goutte de sueur, et je haletais de soif... Mais, ma foi! grâce aux sandales que le bon saint Pierre m'avait prêtées, je ne me brûlai pas les pieds.

« Quand j'eus fait assez de faux pas clopin-clopant, je vis à ma main gauche une porte... non, un portail, un énorme portail tout bâillant, comme la gueule d'un grand four. Oh! mes enfants, quel spectacle!... Là on ne demande pas mon nom ; là, point de registre. Par fournées et à pleine porte, on entre là, mes frères, comme le dimanche vous entrez au cabaret.

« Je suais à grosses gouttes, et pourtant j'étais transi, j'avais le frisson. Mes cheveux se dressaient. Je sentais le brûlé, la chair rôtie, quelque chose comme l'odeur qui se répand dans notre Cucugnan quand

Eloy, le maréchal, brûle pour la ferrer
la botte d'un vieil âne ! Je perdais haleine
dans cet air puant et embrasé ; j'entendais une clameur horrible, des gémisse-
ments, des hurlements et des jurements.

« Eh bien ! entres-tu ou n'entres-tu
« pas, toi ? — me fait, en me piquant de
« sa fourche, un démon cornu.

« — Moi ? Je n'entre pas. Je suis un
« ami de Dieu !

« — Tu es un ami de Dieu !... Eh !
« b.... de teigneux ! que viens-tu faire
« ici ?...

« — Je viens... ah ! ne m'en parlez
« pas, que je ne puis plus me tenir sur
« mes jambes... Je viens... je viens de
« loin... humblement vous demander...
« si... si par coup de hasard... vous n'au-
« riez pas ici... quelqu'un... quelqu'un
« de Cucugnan !...

« — Ah! feu de Dieu! tu fais la bête,
« toi, comme si tu ne savais pas que tout
« Cucugnan est ici. Tiens, laid corbeau,
« regarde, et tu verras comme nous les
« arrangeons ici, tes fameux Cucu-
« gnanais!... »

———

« Et je vis, au milieu d'un épouvan-
table tourbillon de flamme :

« Le long Coq-Galine, — vous l'avez
tous connu, mes frères, — Coq-Galine,
qui se grisait si souvent, et si souvent secouait les puces à sa pauvre Clairon.

« Je vis Catarinet... cette petite
gueuse... avec son nez en l'air... qui couchait toute seule à la grange... Il vous en
souvient, mes drôles?... Mais passons,
j'en ai trop dit.

« Je vis Pascal Doigt-de-Poix, qui faisait son huile avec les olives de M. Julien.

« Je vis Babet la glaneuse, qui, en gla-nant, pour avoir plus vite noué sa gerbe, puisait à poignée aux gerbiers.

« Je vis maître Crapasi, qui huilait si bien la roue de sa brouette.

« Et Dauphine, qui vendait si cher l'eau de son puits.

« Et le Tortillard, qui, lorsqu'il me rencontrait portant le bon Dieu, filait son chemin, la barette sur la tête et la pipe au bec... et fier comme Artaban... comme s'il avait rencontré un chien.

« Et Coulau avec sa Zette, et Jacques, et Pierre, et Toni...

Ému, blême de peur, l'auditoire gé-
mit, en voyant, dans l'enfer tout ouvert,
qui son père et qui sa mère, qui sa grand
et qui sa sœur...

« Vous sentez bien, mes frères, reprit
le bon abbé Martin, vous sentez bien que
ceci ne peut pas durer. J'ai charge
d'âmes, et je veux, je veux vous sauver
de l'abîme où vous êtes tous en train de
rouler tête première. Demain je me mets
à l'ouvrage, pas plus tard que demain.
Et l'ouvrage ne manquera pas! Voici
comment je m'y prendrai. Pour que tout
se fasse bien, il faut tout faire avec ordre.
Nous irons rang par rang, comme à Jonquières quand on danse.

« Demain, lundi, je confesserai les
vieux et les vieilles. Cela n'est rien.

« Mardi, les enfants. J'aurai bientôt
fait.

« Mercredi, les garçons et les filles. Cela pourra être long.

« Jeudi, les hommes. Nous couperons court.

« Vendredi, les femmes. Je dirai : pas d'histoires.

« Samedi, le meunier !... Ce n'est pas trop d'un jour pour lui tout seul...

« Et, si dimanche nous avons fini, nous serons bien heureux.

« Voyez-vous, mes enfants, quand le blé est mûr, il faut le couper; quand le vin est tiré, il faut le boire. Voilà assez de linge sale, il s'agit de le laver, et de le bien laver.

« C'est la grâce que je vous souhaite. Amen. »

Ce qui fut dit fut fait. On coula la lessive.

Depuis ce dimanche mémorable, le parfum des vertus de Cucugnan se respire à dix lieues à l'entour.

Et le bon pasteur M. Martin, heureux et plein d'allégresse, a rêvé l'autre nuit que, suivi de tout son troupeau, il gravissait en resplendissante procession, au milieu des cierges allumés, d'un nuage d'encens qui embaumait et des enfants de chœur qui chantaient *Te Deum,* le chemin étoilé de la cité de Dieu.

Et voilà l'histoire du curé de Cucugnan, telle que m'a ordonné de vous la dire ce grand gueusard de Roumanille, qui la tenait lui-même d'un autre bon compagnon.

9

LES VIEUX.

« Une lettre, père Azan?

— Oui, monsieur... ça vient de Paris. »

Il était tout fier que ça vînt de Paris, ce brave père Azan... Pas moi. Quelque chose me disait que cette Parisienne de la rue Jean-Jacques, tombant sur ma table à l'improviste et de si grand matin, allait me faire perdre toute ma journée. Je ne me trompais pas, voyez plutôt :

*Il faut que tu me rendes un service,
mon ami. Tu vas fermer ton moulin
pour un jour et t'en aller tout de suite
à Eyguières... Eyguières est un gros
bourg à trois ou quatre lieues de chez
toi, — une promenade. En arrivant, tu
demanderas le couvent des Orphelines.
La première maison après le couvent
est une maison basse à volets gris avec
un jardinet derrière. Tu entreras sans
frapper, — la porte est toujours ouverte; et, en entrant, tu crieras bien
fort : « Bonjour, braves gens. Je suis
l'ami de Maurice... » Alors, tu verras
deux petits vieux, oh! mais vieux, vieux,
archivieux, te tendre les bras du fond
de leurs grands fauteuils, et tu les em-
brasseras de ma part, avec tout ton
cœur, comme s'ils étaient à toi. Puis
vous causerez; ils te parleront de moi,*

rien que de moi ; ils te raconteront mille folies que tu écouteras sans rire... Tu ne riras pas, hein?... Ce sont mes grands parents, deux êtres dont je suis toute la vie et qui ne m'ont pas vu depuis dix ans... Dix ans, c'est long! mais que veux-tu? moi, Paris me tient; eux, c'est le grand âge... Ils sont si vieux, s'ils venaient me voir, ils se casseraient en route... Heureusement, tu es là-bas, mon cher meunier, et, en t'embrassant, les pauvres gens croiront m'embrasser un peu moi-même... Je leur ai si souvent parlé de nous et de cette bonne amitié dont...

Le diable soit de l'amitié! Justement ce matin-là il faisait un temps admirable, mais qui ne valait rien pour courir les routes; trop de mistral et trop de soleil, une vraie journée de Provence. Quand cette maudite lettre arriva, j'avais déjà choisi mon *cagnard* (abri) entre deux roches, et je rêvais de rester là tout le jour, comme un lézard, à boire de la lumière, en écoutant chanter les pins... Enfin, que vouliez-vous faire ? Je fermai le moulin en maugréant, je mis la clef sous la chattière. Mon bâton, ma pipe, et me voilà parti.

J'arrivai à Eyguières vers deux heures. Le village était désert, tout le monde aux champs. Dans les ormes du cours, blancs de poussière, les cigales chantaient comme en pleine Crau. Il y avait bien sur la place de la mairie un âne qui prenait le soleil, un vol de pigeons sur la fontaine de l'église ; mais personne pour m'indiquer l'orphelinat. Par bonheur une vieille fée m'apparut tout à coup, accroupie et filant dans l'encoignure de sa porte; je lui dis ce que je cherchais, et comme cette fée était très-puissante, elle n'eut qu'à lever sa quenouille, aussitôt le couvent des orphelines se dressa devant moi comme par magie... C'était une grande maison maussade et noire, toute fière de montrer au-dessus de son portail en ogive une vieille croix de grès rouge avec un peu de latin autour. A côté de cette maison, j'en aperçus une autre plus petite. Des volets gris, le jardin derrière... Je la reconnus tout de suite et j'entrai sans frapper.

Je reverrai toute ma vie ce long corridor frais et calme, la muraille peinte en rose, le jardinet qui tremblait au fond à travers un store de couleur claire, et sur tous les panneaux des fleurs et des violons fanés. Il me semblait que j'arri-

vais chez quelque vieux bailli du temps
de Sedaine... Au bout du couloir, sur
la gauche, par une porte entr'ouverte
on entendait le tic-tac d'une grosse horloge et une voix d'enfant, mais d'enfant
à l'école, qui lisait en s'arrêtant à chaque
syllabe : « A... LORS... SAINT...
I... RÉ... NÉE... S'É... CRI... A...
JE... SUIS... LE... FRO... MENT...
DU...SEI...GNEUR...IL...FAUT...
QUE... JE... SOIS... MOU... LU...
PAR... LA... DENT... DE... CES...
ANI... MAUX. » Je m'approchai doucement de cette porte et je regardai.

Dans le calme et le demi-jour d'une
petite chambre, un bon vieux à pommettes roses, ridé jusqu'au bout des
doigts, dormait au fond d'un fauteuil, la
bouche ouverte, les mains sur ses ge-

noux. A ses pieds une fillette habillée de bleu — grande pèlerine et petit béguin, le costume des orphelines — lisait la vie de saint Irénée dans un livre plus gros qu'elle... Cette lecture miraculeuse avait opéré sur toute la maison. Le vieux dormait dans son fauteuil, les mouches au plafond, les canaris dans leur cage, là-bas sur la fenêtre. La grosse horloge ronflait, tic-tac, tic-tac. Il n'y avait d'é-veillé dans toute la chambre qu'une grande bande de lumière qui tombait droite et blanche entre les volets clos, pleine d'étincelles vivantes et de valses microscopiques... Au milieu de l'as-soupissement général, l'enfant conti-nuait sa lecture d'un air grave : « AUS... SI... TOT... DEUX... LIONS... SE... PRÉ...CI...PI...TÈ...RENT...SUR.. LUI... ET... LE... DÉ... VO... RÈ...

RENT. » C'est à ce moment que j'entrai... Les lions de saint Irénée se précipitant dans la chambre n'y auraient pas produit plus de stupeur que moi. Un vrai coup de théâtre ! La petite pousse un cri, le gros livre tombe, les canaris, les mouches se réveillent, la pendule sonne, le vieux se dresse en sursaut, tout effaré, et moi-même, un peu troublé, je m'arrête sur le seuil en criant bien fort : « Bonjour, braves gens, je suis l'ami de Maurice. »

Oh ! alors, si vous l'aviez vu, le pauvre vieux ! si vous l'aviez vu venir vers moi les bras tendus, m'embrasser, me serrer les mains, courir égaré dans la chambre en faisant : « Mon Dieu ! mon Dieu !... » Toutes les rides de son visage riaient. Il était rouge. Il bégayait : « Ah ! monsieur... ah ! monsieur... » puis

il allait vers le fond en appelant : « Mamette !... »

Une porte qui s'ouvre, un trot de
souris dans le couloir... C'était Mamette.
Rien de joli comme cette petite vieille
avec son bonnet à coques, sa robe car-
mélite, et son mouchoir brodé qu'elle
tenait à la main pour me faire honneur,
à l'ancienne mode... Chose attendris-
sante ! ils se ressemblaient. Avec un tour
et des coques jaunes, il aurait pu s'appeler Mamette lui aussi. Seulement la
vraie Mamette avait dû beaucoup pleurer
dans sa vie, et elle était encore plus
ridée que l'autre. Comme l'autre aussi,
elle avait près d'elle une enfant de l'orphelinat, petite garde en pèlerine bleue, qui
ne la quittait jamais ; et de voir ces vieil-
lards protégés par ces orphelines, c'était
ce qu'on peut imaginer de plus touchant.

En entrant, Mamette avait commencé
par me faire une grande révérence, mais
d'un mot le vieux lui coupa sa révérence en deux : « C'est l'ami de Maurice !... » Aussitôt la voilà qui tremble,
qui pleure, qui perd son mouchoir, qui
devient rouge, toute rouge, encore plus
rouge que lui... Ces vieux ! ça n'a qu'une
goutte de sang dans les veines, et à la
moindre émotion elle leur saute au visage... « Vite, vite, une chaise ! » dit la
vieille à sa petite. « Ouvre les volets ! »
crie le vieux à la sienne ; et, me prenant
chacun par une main, ils m'emmènent
en trottinant jusqu'à la fenêtre, qu'on a
ouverte toute grande pour mieux me
voir. On approche les fauteuils, je m'installe entre les deux sur un pliant, les
petites bleues derrière nous, et l'interro-
gatoire commence : « Comment va-t-il ?

Qu'est-ce qu'il fait? Pourquoi ne vient-il
pas ? Est-ce qu'il est content? » Et pa-
tati! et patata! Comme cela pendant des
heures.

Moi, je répondais de mon mieux à
toutes leurs questions, donnant sur mon
ami les détails que je savais, inventant
effrontément ceux que je ne savais pas,
me gardant surtout d'avouer que je n'a-
vais jamais remarqué si ses fenêtres fer-
maient bien ou de quelle couleur était le
papier de sa chambre.

« Le papier de sa chambre!... Il est
bleu, madame, bleu clair, avec des guir-
landes... »

« Vraiment! » faisait la pauvre vieille
attendrie, et elle ajoutait en se tournant
vers son mari : « C'est un si brave enfant ! »

« Oh! oui, c'est un brave enfant! » re-

prenait l'autre avec enthousiasme ; et
tout le temps que je parlais, c'étaient
entre eux des hochements de têtes, de petits rires fins, des clignements d'yeux, des
airs entendus, ou bien encore le vieux
qui se rapprochait pour me dire : « Parlez plus fort... Elle a l'oreille un peu
dure. » Et elle de son côté : « Un peu
plus haut, je vous prie... Il n'entend pas
très-bien... » Alors j'élevais la voix, et
tous deux me remerciaient d'un sourire ;
et dans ces sourires fanés qui se pen-
chaient vers moi, cherchant jusqu'au
fond de mes yeux l'image de leur Maurice, moi j'étais tout ému de la retrouver
cette image, vague, voilée, presque insai-
sissable, comme si je voyais mon ami
me sourire, très-loin, dans un brouillard.

Tout à coup le vieux se dresse sur son fauteuil :

« Mais j'y pense, Mamette..... il n'a peut-être pas déjeuné ! »

Et Mamette, effarée, les bras au ciel :

« Pas déjeuné !... Grand Dieu ! »

Je croyais qu'il s'agissait encore de Maurice, et j'allais répondre que ce brave enfant n'attendait jamais plus tard que midi pour se mettre à table. Mais non, c'était bien de moi qu'on parlait, et il faut voir quel branle-bas quand j'avouai que j'étais encore à jeun. « Vite le couvert, petites bleues ! La table au milieu de la chambre, la nappe du dimanche, les assiettes à fleurs. Et ne rions pas tant, s'il vous plaît ! et dépêchons-nous !... » Je crois bien qu'elles se dépêchaient ! A peine le temps de casser trois assiettes le déjeuner se trouva servi.

« Un bon petit déjeuner, me disait Mamette en me conduisant à table ; seulement vous serez tout seul... Nous autres, nous avons déjà mangé ce matin. »

Ces pauvres vieux ! à quelque heure qu'on les prenne, ils ont toujours mangé le matin.

Le bon petit déjeuner de Mamette, c'était deux doigts de lait, des dattes et une *barquette*, quelque chose comme un échaudé ; de quoi la nourrir elle et ses canaris au moins pendant huit jours.... Et dire qu'à moi seul je vins à bout de toutes ces provisions !... Aussi quelle indignation autour de la table ! Comme les petites bleues chuchotaient en se poussant du coude, et là-bas, au fond de leur cage, comme les canaris avaient l'air de se dire : « Oh ! ce monsieur qui mange toute la *barquette !* »

Je la mangeai toute, en effet, et presque sans m'en apercevoir, occupé que j'étais à regarder autour de moi dans cette chambre claire et paisible où flottait comme une odeur de choses anciennes... Il y avait surtout deux petits lits dont je ne pouvais pas détacher mes yeux. Ces lits, presque deux berceaux, je me les figurais le matin, au petit jour, quand ils sont encore enfouis sous leurs grands rideaux à franges. Trois heures sonnent. C'est l'heure où tous les vieux se réveillent : « Tu dors, Mamette ? — Non, mon ami. — N'est-ce pas que Maurice est un brave enfant ! — Oh ! oui, c'est un brave enfant ! »

Et j'imaginais comme cela toute une causerie, rien que pour avoir vu ces deux petits lits de vieux, dressés l'un à côté de l'autre...

Pendant ce temps, un drame terrible se
passait à l'autre bout de la chambre, devant l'armoire. Il s'agissait d'atteindre là-
haut, sur le dernier rayon, certain bocal
de cerises à l'eau-de-vie qui attendait
Maurice depuis dix ans et dont on voulait
me faire faire l'ouverture. Malgré les sup-
plications de Mamette, le vieux avait tenu
à aller chercher ses cerises lui-même ; et,
monté sur une chaise au grand effroi de
sa femme, il essayait d'arriver là-haut...
Vous voyez le tableau d'ici : le vieux qui
tremble et qui se hisse, les petites bleues
cramponnées à sa chaise, Mamette derrière lui haletante, les bras tendus, et
sur tout cela un léger parfum de berga-
mote qui s'exhale de l'armoire ouverte et
des grandes piles de linge roux... C'était
charmant.

Enfin, après bien des efforts, on par-

vint à le tirer de l'armoire ce fameux bocal, et avec lui une vieille timbale
d'argent toute bosselée, la timbale de
Maurice quand il était petit. On me la
remplit de cerises jusqu'au bord ; Maurice
les aimait tant, les cerises ! Et tout en me
servant, le vieux me disait à l'oreille d'un
air de gourmandise : « Vous êtes bien
heureux, vous, de pouvoir en manger...
C'est ma femme qui les a faites... Vous
allez goûter quelque chose de bon. »

Hélas ! sa femme les avait faites, mais
elle avait oublié de les sucrer. Que voulez-vous ? on devient distrait en vieillis-
sant. Elles étaient atroces vos cerises, ma
pauvre Mamette... mais cela ne m'em-
pêcha pas de les manger jusqu'au bout,
sans sourciller.

Le repas terminé, je me levai pour prendre congé de mes hôtes. Ils auraient bien voulu me garder encore un peu pour causer du brave enfant, mais le jour baissait, le moulin était loin, il fallait partir.

Le vieux s'était levé en même temps que moi : « Mamette, mon habit !..... je veux le conduire jusqu'à la place. » Bien sûr qu'au fond d'elle-même Mamette trouvait qu'il faisait déjà un peu frais pour me conduire jusqu'à la place ; mais elle n'en laissa rien paraître. Seulement, pendant qu'elle l'aidait à passer les manches de son habit, un bel habit tabac d'Espagne à boutons de nacre, j'entendais la chère créature qui lui disait doucement : « Tu ne rentreras pas trop tard, n'est-ce pas ? » Et lui d'un petit air malin : « Hé ! hé !... je ne sais pas... peut-être.... » Là-dessus, ils se regardaient en riant, et les petites bleues riaient de les voir rire, et dans leur coin les canaris riaient aussi à leur manière... Entre nous, je crois que l'odeur des cerises les avait tous un peu grisés.

... La nuit tombait, quand nous sortîmes, le grand-père et moi. La petite bleue nous suivait de loin pour le ramener; mais lui ne la voyait pas, et il était tout fier de marcher à mon bras, comme un homme. Mamette, rayonnante, voyait cela du pas de sa porte, et elle avait en nous regardant de jolis petits hochements de tête qui semblaient dire : « Tout de même, mon pauvre homme!... il marche encore. »

BALLADES EN PROSE.

En ouvrant ma porte ce matin, il y
avait autour de mon moulin un grand
tapis de gelée blanche. L'herbe luisait et
craquait comme du verre, toute la colline
grelottait.... Pour un jour ma chère Provence s'était déguisée en pays du Nord ;
et c'est parmi les pins frangés de givre,
les touffes de lavandes épanouies en bou-
quets de cristal, que j'ai écrit ces deux bal-
lades d'une fantaisie un peu germanique,
pendant que la gelée m'envoyait ses étin-

celles blanches et que là-haut, dans le ciel clair, de grands triangles de cigognes venues du pays d'Henri Heine, descendaient vers la Camargue en criant : « Il fait froid..... froid..., froid. »

I

LA MORT DU DAUPHIN

Le petit Dauphin est malade, le petit Dauphin va mourir..... Dans toutes les églises du royaume, le saint-sacrement demeure exposé nuit et jour et de grands cierges brûlent pour la guérison de l'enfant royal. Les rues de la vieille résidence sont tristes et silencieuses, les cloches ne sonnent plus, les voitures vont au pas... aux abords du palais, les bourgeois curieux regardent, à travers les grilles, des suisses à bedaines dorées qui causent dans les cours d'un air important.

Tout le château est en émoi... des chambellans, des majordomes montent et descendent en courant les escaliers de marbre..... Les galeries sont pleines de pages et de courtisans en habits de soie qui vont d'un groupe à l'autre quêter des nouvelles à voix basse... sur les larges perrons, les dames d'honneur éplorées se font de grandes révérences en essuyant leurs yeux avec de jolis mouchoirs brodés.

Dans l'Orangerie, il y a nombreuse assemblée de médecins en robe. On les voit, à travers les vitres, agiter leurs longues manches noires et incliner doctoralement leurs perruques à marteaux... Le gouverneur et l'écuyer du petit Dauphin se promènent devant la porte, attendant les décisions de la Faculté. Des marmitons passent à côté d'eux sans les saluer. M. l'écuyer jure comme un païen, M. le gouverneur récite des vers d'Horace..... Et pendant ce temps, là-bas, du côté des écuries, on entend un long hennissement plaintif. C'est l'alezan du petit Dauphin que les palefreniers oublient et qui appelle tristement devant sa mangeoire vide.

Et le roi ? Où est monseigneur le roi ?... Le roi s'est enfermé tout seul dans une chambre, au bout du château... Les Majestés n'aiment pas qu'on les voie pleurer !... Pour la reine, c'est autre chose... Assise au chevet du petit Dauphin, elle a son beau visage baigné de larmes, et sanglote bien haut devant tous, comme ferait une drapière.

Dans sa couchette de dentelles, le petit Dauphin, plus blanc que les coussins sur lesquels il est étendu, repose les yeux fermés. On croit qu'il dort ; mais non ! Le petit Dauphin ne dort pas... Il se retourne vers sa mère, et, voyant qu'elle pleure, il lui dit : « Madame la reine, pourquoi pleurez-vous ? Est-ce que vous croyez bonnement comme les autres que je m'en vas mourir ! » La reine veut répondre. Les sanglots l'empêchent de parler.

« Ne pleurez donc pas, madame la reine ; vous oubliez que je suis le Dauphin, et que les Dauphins ne peuvent pas mourir ainsi... » La reine sanglote encore plus fort, et le petit Dauphin commence à s'effrayer : « Holà ! dit-il, je ne veux pas que la mort vienne me prendre, et je saurai bien l'empêcher d'arriver jusqu'ici... Qu'on fasse venir sur l'heure quarante lansquenets très-forts pour monter la garde autour de notre lit !... Que cent gros canons veillent nuit et jour, mèche allumée, sous nos fenêtres ! Et malheur à la mort, si elle ose s'approcher de nous !... »

Pour complaire à l'enfant royal, la reine fait un signe. Sur l'heure, on entend les gros canons qui roulent dans la cour, et quarante grands lansquenets, la pertuisane au poing, viennent se ranger autour de la chambre. Ce sont de vieux soudards à moustaches grises. Le petit Dauphin bat des mains en les voyant. Il en reconnaît un et l'appelle : « Lorrain ! Lorrain ! » Le soudard fait un pas vers le lit. « Je t'aime bien, mon vieux Lorrain... Fais voir un peu ton grand sabre... Si la mort veut me prendre, il faudra la tuer, n'est-ce pas ? » Lorrain répond : « Oui, monseigneur... » Et il a deux grosses larmes qui coulent sur ses joues tannées.

A ce moment, l'aumônier s'approche du petit Dauphin et lui parle longtemps à voix basse en lui montrant un crucifix. Le petit Dauphin l'écoute d'un air fort étonné, puis tout à coup l'interrompant : « Je comprends bien ce que vous me dites, monsieur l'abbé ; mais enfin est-ce que mon petit ami Beppo ne pourrait pas mourir à ma place, en lui donnant beaucoup d'argent ?... » L'aumônier continue à lui parler à voix basse, et le petit Dauphin a l'air de plus en plus étonné.

Quand l'aumônier a fini, le petit Dauphin reprend avec un gros soupir : « Tout ce que vous me dites là est bien triste, monsieur l'abbé, mais une chose me console, c'est que là-haut, dans le paradis des étoiles, je vais être encore le Dauphin... Je sais que le bon Dieu est mon cousin et ne peut pas manquer de me traiter selon mon rang. » Puis il ajoute, en se tournant vers sa mère : « Qu'on m'apporte mes plus beaux habits, mon pourpoint d'hermine blanche et mes es-carpins de velours ; je veux me faire brave pour les anges et entrer au paradis en costume de Dauphin. »

Une troisième fois, l'aumônier se pen-che vers le petit Dauphin et lui parle longuement à voix basse... Au milieu de son discours, l'enfant royal l'interrompt avec colère : « Mais alors, crie-t-il, d'être Dauphin, ce n'est rien du tout ! » Et, sans vouloir plus rien entendre, le petit Dauphin se tourne vers la muraille et il pleure amèrement.

II

LE SOUS-PRÉFET AUX CHAMPS.

M. le sous-préfet est en tournée. Co-cher devant, laquais derrière, la calèche de la sous-préfecture l'emporte majestueusement au concours régional de la Combe-aux-Fées. Pour cette journée mémorable, M. le sous-préfet a mis son bel habit brodé, son petit claque, sa culotte collante à bandes d'argent et son épée de gala à poignée de nacre... sur ses genoux repose une grande serviette en chagrin gaufré qu'il regarde tristement.

M. le sous-préfet regarde tristement sa serviette en chagrin gaufré ; il songe

au fameux discours qu'il va falloir pro-
noncer tout à l'heure devant les habitants de la Combe-aux-Fées... « Messieurs et chers administrés... » Mais il a
beau tortiller la soie blonde de ses fa-
voris et répéter vingt fois de suite...
« Messieurs et chers administrés... » la
suite du discours ne vient pas.

La suite du discours ne vient pas... Il
fait si chaud dans cette calèche !... A
perte de vue, la route de la Combe-aux-
Fées poudroie sous le soleil du Midi...
L'air est embrasé... et sur les ormeaux
du bord du chemin, tout couverts de
poussière blanche, des milliers de cigales se répondent d'un arbre à l'autre...
Tout à coup, M. le sous-préfet tressaille.
Là-bas, au pied d'un coteau, il vient
d'apercevoir un petit bois de chênes
verts qui semble lui faire signe.

Le petit bois de chênes verts semble lui faire signe : « Venez donc par ici, monsieur le sous-préfet, pour composer votre discours, vous serez bien mieux sous mes arbres... » M. le sous-préfet est séduit ; il saute à bas de sa calèche et dit à ses gens de l'attendre, qu'il va composer son discours dans le petit bois de chênes verts.

Dans le petit bois de chênes verts il y a des oiseaux, des violettes, et des sources sous l'herbe fine... Quand ils ont aperçu M. le sous-préfet avec sa belle culotte et sa serviette en chagrin gaufré, les oiseaux ont eu peur et se sont arrêtés de chanter ; les sources n'ont plus osé faire de bruit, et les violettes se sont cachées dans le gazon... Tout ce petit monde-là n'a jamais vu de sous-préfet, et se demande à voix basse quel est ce beau seigneur qui se promène en culotte d'argent.

A voix basse, sous la feuillée, on se demande quel est ce beau seigneur en culotte d'argent... Pendant ce temps-là, M. le sous-préfet, ravi du silence et de la fraîcheur du bois, relève les pans de son habit, pose son claque sur l'herbe, et s'assied dans la mousse au pied d'un jeune chêne ; puis il ouvre sur ses genoux sa grande serviette en chagrin gaufré et en tire une large feuille de papier-ministre. « C'est un artiste ! » dit la fauvette. « Non, dit le bouvreuil, ce n'est pas un artiste, puisqu'il a une culotte en argent ; c'est plutôt un prince. »

« C'est plutôt un prince, dit le bouvreuil. — Ni un artiste, ni un prince, interrompt un vieux rossignol qui a chanté toute une saison dans les jardins de la

sous-préfecture... Je sais ce que c'est,
c'est un sous-préfet ! » Et tout le petit bois
va chuchotant : « C'est un sous-préfet !
c'est un sous-préfet ! » « Comme il est
chauve ! » remarque une alouette à grande
huppe. Les violettes demandent : « Est-
ce que c'est méchant ? »

« Est-ce que c'est méchant ? » demandent les violettes. Le vieux rossignol répond : « Pas du tout ! » Et sur cette
assurance, les oiseaux se remettent à
chanter, les sources à courir, les violettes
à embaumer, comme si le monsieur n'é-
tait pas là... Impassible au milieu de
tout ce joli tapage, M. le sous-préfet
invoque dans son cœur la muse des comices agricoles, et, le crayon levé, commence à déclamer de sa voix de cérémonie : « Messieurs et chers administrés .. »

« Messieurs et chers administrés », dit le sous-préfet de sa voix de cérémonie... Un éclat de rire l'interrompt ; il se retourne et ne voit rien qu'un gros pivert qui le regarde en riant, perché sur son claque. Le sous-préfet hausse les épaules et veut continuer son discours ; mais le pivert l'interrompt encore et lui crie de loin : « A quoi bon ? — Comment ! à quoi bon ? » dit le sous-préfet, qui devient tout rouge ; et, chassant d'un geste cette bête effrontée, il reprend de plus belle : « Messieurs et chers administrés. »

« Messieurs et chers administrés, » a repris le sous-préfet de plus belle ; mais alors, voilà les petites violettes qui se haussent vers lui sur le bout de leurs tiges et qui lui disent doucement : « Monsieur le sous-préfet, sentez-vous comme

nous sentons bon ? » Et les sources lui
font sous la mousse une musique divine,
et dans les branches, au-dessus de sa
tête, des tas de fauvettes viennent lui
chanter leurs plus jolis airs, et tout le
petit bois conspire pour l'empêcher de
composer son discours.

Tout le petit bois conspire pour l'empêcher de composer son discours... M. le
sous-préfet, grisé de parfums, ivre de
musique, essaye vainement de résister
au charme nouveau qui l'envahit. Il s'ac-
coude sur l'herbe, dégrafe son bel habit,
balbutie encore deux ou trois fois :
« Messieurs et chers administrés... messieurs et chers admi..... messieurs et
chers... » Puis il envoie les administrés
au diable, et la muse des comices agricoles n'a plus qu'à se voiler la face.

Voile-toi la face, ô muse des comices

agricoles !... Lorsque, au bout d'une heure, les gens de la sous-préfecture, inquiets de leur maître, sont entrés dans le petit bois, ils ont vu un spectacle qui les a fait reculer d'horreur... M. le sous-préfet était couché sur le ventre, dans l'herbe, débraillé comme un bohême. Il avait mis son habit bas, et tout en mâchonnant des violettes, M. le sous-préfet faisait des vers.

LE

PORTEFEUILLE DE BIXIOU.

Un matin du mois d'octobre, quelques
jours avant de quitter Paris, je vis arriver
chez moi, — pendant que je déjeunais,
— un vieil homme en habit râpé, ca-
gneux, crotté, l'échine basse, grelottant
sur ses longues jambes comme un échas
sier déplumé. C'était Bixiou. Oui, Pa
risiens, votre Bixiou, le féroce et charmant Bixiou, ce railleur enragé qui vous
a tant réjouis depuis quinze ans avec ses

11

pamphlets et ses caricatures... Ah! le
malheureux, quelle détresse! Sans une
grimace qu'il fit en entrant, jamais je ne
l'aurais reconnu.

La tête inclinée sur l'épaule, sa canne
aux dents comme une clarinette, l'illustre
et lugubre farceur s'avança jusqu'au milieu de la chambre et vint se jeter contre
ma table en disant d'une voix dolente :
« Ayez pitié d'un pauvre aveugle... »
C'était si bien imité que je ne pus m'empêcher de rire. Mais lui, très-froidement :
« Vous croyez que je plaisante... regardez mes yeux. » Et il tourna vers moi
deux grandes prunelles blanches sans
regard. « Je suis aveugle, mon cher,
aveugle pour la vie!... Voilà ce que c'est
que d'écrire avec du vitriol. Je me suis
brûlé les yeux à ce joli métier ; mais là,
brûlé à fond... jusqu'aux bobèches! »

ajouta-t-il en me montrant ses paupières
calcinées où ne restait plus l'ombre d'un
cil.

J'étais si ému, que je ne trouvai rien à
lui dire. Mon silence l'inquiéta :

« Vous travaillez?

. — Non, Bixiou, je déjeune. Voulez-
vous en faire autant? »

Il ne répondit pas; mais, au frémissement de ses narines, je vis bien qu'il
mourait d'envie d'accepter. Je le pris par
la main, et je le fis asseoir près de
moi.

Pendant qu'on le servait, le pauvre
diable flairait la table avec un petit rire :
« Ça a l'air bon, tout ça. Je vais me ré-
galer; il y a si longtemps que je ne déjeune plus! un pain d'un sou tous les
matins, en courant les ministères... car,
vous savez, je cours les ministères main-

tenant; c'est ma seule profession. J'essaye d'accrocher un bureau de tabac...
Qu'est-ce que vous voulez? il faut qu'on mange à la maison. Je ne peux plus dessiner; je ne peux plus écrire... Dicter?...
mais quoi?... Je n'ai rien dans la tête, moi; je n'invente rien. Mon métier, c'était de voir les grimaces de Paris et de les faire; à présent, il n'y a plus moyen...
Alors j'ai pensé à un bureau de tabac; pas sur les boulevards, bien entendu. Je n'ai pas droit à cette faveur, n'étant ni mère de danseuse, ni veuve d'officier-sperrior. Non! simplement un petit bureau de province, quelque part bien loin, dans un coin des Vosges. J'aurai une forte pipe en porcelaine; je m'appellerai Hans ou Zébédé, comme dans Erckmann-Chatrian, et je me consolerai de ne plus écrire en faisant des cornets de

tabac avec les œuvres de mes contem-
porains.

« Voilà tout ce que je demande. Pas
grand'chose, n'est-ce pas ?... Eh bien,
c'est le diable pour y arriver... Pourtant les protections ne devraient pas me
manquer. J'étais très-lancé autrefois. Je
dînais chez le maréchal, chez le prince,
chez les ministres ; tous ces gens-là vou-
laient m'avoir parce que je les amusais
ou qu'ils avaient peur de moi. A présent, je ne fais plus peur à personne ; —
O mes yeux, mes pauvres yeux ! Et l'on
ne m'invite nulle part. C'est si triste une
tête d'aveugle à table !... Passez-moi le
pain, je vous prie... Ah ! les bandits ! ils
me l'auront fait payer cher ce malheureux bureau de tabac. Depuis six mois,
je me promène dans tous les ministères
avec ma pétition. J'arrive le matin, à

l'heure où l'on allume les poêles et où
'on fait faire un tour aux chevaux de
Son Excellence sur le sable de la cour ;
.e ne m'en vais qu'à la nuit, quand on
apporte les grosses lampes et que les
cuisines commencent à sentir bon...

« Toute ma vie se passe sur les coffres à
bois des antichambres. Aussi les huissiers
me connaissent, allez ! A l'Intérieur, ils
m'appellent : « Ce bon monsieur. » Et
moi, pour gagner leur protection, je fais
des calembours ou je dessine d'un
trait sur un coin de leurs buvards de
grosses moustaches qui les font rire...
Voilà où j'en suis arrivé après vingt ans
de succès tapageurs ! voilà la fin d'une
vie d'artiste !... Et dire qu'ils sont en
France quarante mille galopins à qui
notre profession fait venir l'eau à la
bouche. Dire qu'il y a tous les jours .

dans les départements, une locomotive qui chauffe pour nous apporter des panerées d'imbéciles affamés de littérature et de bruit imprimé... Ah! province romanesque, si la misère de Bixiou pouvait te servir de leçon! »

Là-dessus il se fourra le nez dans son assiette, et se mit à manger avidement, sans dire un mot... C'était pitié de le voir faire. A chaque minute, il perdait son pain, sa fourchette, tâtonnait pour trouver son verre... Pauvre homme! il n'avait pas encore l'habitude.

Au bout d'un moment, il reprit :

« Savez-vous ce qu'il y a encore de plus horrible pour moi ? C'est de ne plus pouvoir lire mes journaux. Il faut

être du métier pour comprendre cela...
Quelquefois le soir, en rentrant, j'er.
achète un, rien que pour sentir cette odeur
de papier humide et de nouvelles fraî-
ches.... C'est si bon!... Et personne pour
me les lire! Ma femme pourrait bien,
mais elle ne veut pas; elle prétend qu'on
trouve dans les faits-divers des choses
qui ne sont pas convenables... Ah! ces
anciennes maîtresses, une fois mariées,
il n'y a pas plus bégueules qu'elles. Depuis que j'en ai fait madame Bixiou,
celle-là s'est crue obligée de devenir bi-
gote, mais à un point... Est-ce qu'elle
ne voulait pas me faire frictionner les
yeux avec l'eau de la Salette! Et puis
le pain bénit, les quêtes, la Sainte-En-
fance, les petits Chinois, que sais-je encore?... Nous sommes dans les bonnes
œuvres jusqu'au cou... Ce serait cepen-

dant une bonne œuvre de me lire mes
journaux ! Eh bien, non, elle ne veut
pas !... Si ma fille était chez nous, elle
me les lirait, elle ; mais, depuis que je
suis aveugle, je l'ai fait entrer à Notre-
Dame-des-Arts, pour avoir une bouche
de moins à nourrir...

« Encore une qui me donne de l'agré-
ment, celle-là ! Il n'y a pas neuf ans
qu'elle est au monde, elle a déjà eu
toutes les maladies... Et triste ! et laide !
plus laide que moi, si c'est possible. Un
monstre... Que voulez-vous ? je n'ai jamais su faire que des charges... Ah çà,
mais je suis bon, moi, de vous raconter
mes histoires de famille. Qu'est-ce que
cela peut vous faire à vous ?... Allons,
donnez-moi encore un peu de cette eau-
de-vie. Il faut que je me mette en train.
En sortant d'ici je vais à l'Instruction pu·

blique, et les huissiers n'y sont pas fa-
ciles à dérider. C'est tous d'anciens pro-
fesseurs. »

Je lui versai son eau-de-vie. Il commença à la déguster par petites fois, d'un
air attendri... Tout à coup, je ne sais
quelle fantaisie le piquant, il se leva,
son verre à la main, promena un instant
autour de lui sa tête de vipère aveugle,
avec le sourire aimable du monsieur qui
va parler, puis d'une voix stridente,
comme pour haranguer un banquet de
deux cents couverts : « Aux arts! Aux
lettres! A la presse! » et le voilà parti
sur un toast de trois quarts d'heure, la
plus folle et la plus merveilleuse improvisation qui soit jamais sortie de cette
cervelle de pitre.

Figurez-vous une revue de fin d'année
intitulée: « *Le Pavé des lettres en* 186* ; »

nos assemblées soi-disant littéraires, nos papotages, nos querelles, toutes les cocasseries d'un monde excentrique, fumier d'encre, enfer sans grandeur, où l'on s'égorge, où l'on s'étripe, où l'on se détrousse, où l'on parle intérêts et gros sous bien plus que chez les bourgeois, ce qui n'empêche pas qu'on y meure de faim plus qu'ailleurs; toutes nos lâchetés, toutes nos misères; le vieux baron T. de la Tombola s'en allant faire « gna... gna... gna » aux Tuileries avec sa sébile et son habit barbeau; puis nos morts de l'année, les enterrements à réclames, l'oraison funèbre de monsieur le délégué toujours la même : « Cher et regretté! pauvre cher! » à un malheureux dont on refuse de payer la tombe; et ceux qui se sont suicidés, et ceux qui sont devenus fous ; figurez-vous tout cela raconté, détaillé, gesticulé par un grimacier de génie, vous aurez alors une idée de ce que fut l'improvisation de Bixiou.

———

Son toast fini, son verre bu, il me demanda l'heure et s'en alla, d'un air farouche, sans me dire adieu... J'ignore comment les huissiers de M. Duruy se trouvèrent de sa visite ce matin-là ; mais je sais bien que jamais de ma vie je ne me suis senti si triste, si mal en train qu'après le départ de ce terrible aveugle. Mon encrier m'écœurait, ma plume me faisait horreur. J'aurais voulu m'en aller loin, courir, voir des arbres, sentir quelque chose de bon... Quelle haine, grand Dieu ! que de fiel ! quel besoin de baver

sur tout, de tout salir! Ah! le misérable!...

Et j'arpentais ma chambre avec fureur, croyant toujours entendre le rica-
nement de dégoût qu'il avait eu en me
parlant de sa fille.

Tout à coup, près de la chaise où
l'aveugle s'était assis, je sentis quelque
chose rouler sous mon pied. En me
baissant, je reconnus son portefeuille, un
gros portefeuille luisant, à coins cassés,
qui ne le quitte jamais et qu'il appelle en
riant sa poche à venin. Cette poche, dans
notre monde, était aussi renommée que
les fameux cartons de monsieur de Gi-
rardin. On disait qu'il y avait des choses
terribles là-dedans... L'occasion se présentait belle pour m'en assurer. Le vieux
portefeuille, trop gonflé, s'était crevé en
tombant, et tous les papiers avaient

roulé sur le tapis ; il me fallut les ra-
masser l'un après l'autre...

Un paquet de lettres écrites sur du papier à fleurs, commençant toutes « *Mon
cher papa* » et signées « *Céline Bixiou
des Enfants de Marie.* »

D'anciennes ordonnances pour des
maladies d'enfants, croup, convulsions,
scarlatine, rougeole... (la pauvre petite
n'en avait pas échappé une !)

Enfin une grande enveloppe cachetée
d'où sortaient, comme d'un bonnet de
fillette, deux ou trois crins jaunes tout
frisés ; et sur l'enveloppe, en grosse écriture tremblée, une écriture d'aveugle :

Cheveux de Céline, coupés le 13 *mai,
le jour de son entrée là-bas.*

Voilà ce qu'il y avait dans le portefeuille de Bixiou.

Allons, Parisiens, vous êtes tous les mêmes. Le dégoût, l'ironie, un rire infernal, des blagues féroces, et puis pour finir... *Cheveux de Céline coupés le 13 mai.*

LA LÉGENDE

DE

L'HOMME A LA CERVELLE D'OR.

———

A la Dame qui demande des histoires gaies.

En lisant votre lettre, madame, j'ai eu comme un remords. Je m'en suis voulu de la couleur un peu trop demi-deuil de mes historiettes, et je m'étais promis de vous offrir aujourd'hui quelque chose de joyeux, de follement joyeux.

Pourquoi serais-je triste, après tout?

Je vis à mille lieues des brouillards parisiens, sur une colline lumineuse, dans le
pays des tambourins et du vin muscat.
Autour de chez moi tout n'est que soleil
et musique; j'ai des orchestres de culs-
blancs, des orphéons de mésanges; le matin les courlis qui font « coureli! coureli! » à midi, les cigales, puis les pâtres
qui jouent du fifre, et les belles filles
brunes qu'on entend rire dans les vignes...
En vérité, l'endroit est mal choisi pour
broyer du noir; je devrais plutôt expédier
aux dames des poëmes couleur de rose et
des pleins paniers de contes galants.

Eh bien, non! je suis encore trop près
de Paris. Tous les jours, jusque dans mes
pins, il m'envoie les éclaboussures de ses
tristesses... A l'heure même où j'écris ces
lignes, je viens d'apprendre la mort misérable du pauvre Charles Barbara, et

mon moulin en est tout en deuil. Adieu
les courlis et les cigales! Je n'ai plus le
cœur à rien de gai... Voilà pourquoi, madame, au lieu du joli conte badin que je
m'étais promis de vous faire, vous n'aurez encore aujourd'hui qu'une légende
mélancolique :

Il était une fois un homme qui avait
une cervelle d'or; oui, madame, une cervelle toute en or. Lorsqu'il vint au monde,
les médecins pensaient que cet enfant ne
vivrait pas, tant sa tête était lourde et son
crâne démesuré. Il vécut cependant et
grandit au soleil comme un beau plant
d'olivier; seulement sa grosse tête l'en-
traînait toujours, et c'était pitié de le voir
se cogner à tous les meubles en mar-

chant... Il tombait souvent. Un jour, il roula du haut d'un perron et vint donner du front contre un degré de marbre, où son crâne sonna comme un lingot. On le crut mort; mais, en le relevant, on ne lui trouva qu'une légère blessure, avec deux ou trois gouttelettes d'or caillées dans ses cheveux blonds. C'est ainsi que les parents apprirent que l'enfant avait une cervelle en or.

La chose fut tenue secrète; le pauvre petit lui-même ne se douta de rien. De temps en temps, il demandait pourquoi on ne le laissait plus courir devant la porte avec les garçonnets de la rue.

« On vous volerait, mon beau trésor, » lui répondait sa mère... Alors le petit avait grand'peur d'être volé; il retournait jouer tout seul, sans rien dire, et se trimallait lourdement d'une salle à l'autre...

A dix-huit ans seulement, ses parents lui révélèrent le don monstrueux qu'il tenait du destin; et, comme ils l'avaient élevé et nourri jusque-là, ils lui demandèrent en retour un peu de son or. L'enfant n'hésita pas; sur l'heure même, — comment? par quels moyens? la légende ne l'a pas dit, — il s'arracha du crâne un morceau d'or massif, un morceau gros comme une noix, qu'il jeta fièrement sur les genoux de sa mère... Puis, tout ébloui des richesses qu'il portait dans la tête, fou de désirs, ivre de sa puissance, il quitta la maison paternelle et s'en alla par le monde en gaspillant son trésor.

———

Du train dont il menait sa vie, royalement, et semant l'or sans compter, on

aurait dit que sa cervelle était inépui-
sable... Elle s'épuisait cependant, et à mesure on pouvait voir les yeux s'éteindre,
la joue devenir plus creuse. Un jour enfin,
au matin d'une débauche folle, le malheureux, resté seul parmi les débris du
festin et les lustres qui pâlissaient, s'é-
pouvanta de l'énorme brèche qu'il avait
déjà faite à son lingot; il était temps de
s'arrêter.

Dès lors, ce fut une existence nouvelle.
L'homme à la cervelle d'or s'en alla
vivre, à l'écart, du travail de ses mains,
soupçonneux et craintif comme un avare,
fuyant les tentations, tâchant d'oublier
lui-même ces fatales richesses auxquelles
il ne voulait plus toucher... Par malheur, un ami l'avait suivi dans sa solitude, et cet ami connaissait son secret.

Une nuit, le pauvre homme fut réveillé

en sursaut par une douleur à la tête, une
effroyable douleur; il se dressa éperdu,
et vit dans un rayon de lune l'ami qui
fuyait en cachant quelque chose sous son
nanteau..

Encore un peu de cervelle qu'on lui
emportait!...

———

A quelque temps de là, l'homme à la
cervelle d'or devint amoureux, et cette
fois tout fut fini... Il aimait du meilleur
de son âme une petite femme blonde, qui
l'aimait bien aussi, mais qui préférait
ncore les pompons, les plumes blanches
et les jolis glands mordorés battant le
long des bottines.

Entre les mains de cette mignonne
créature, — moitié oiseau, moitié pou-

pée, — les piécettes d'or fondaient que
c'était un plaisir. Elle avait tous les ca-
prices, et lui ne savait jamais dire non ;
même, de peur de la peiner, il lui cacha
jusqu'au bout le triste secret de sa fortune.

« Nous sommes donc bien riches ? »
disait-elle. Le pauvre homme répondait :
« Oh ! oui... bien riches ! » Et il souriait
avec amour au petit oiseau bleu qui lui
mangeait le crâne innocemment. Quelquefois cependant la peur le prenait, il
avait des envies d'être avare ; mais alors
la petite femme venait vers lui en sautil-
lant, et lui disait :

« Mon mari, qui êtes si riche, achetez-
moi quelque chose de bien cher... » Et il
lui achetait quelque chose de bien cher.

Cela dura ainsi pendant deux ans ;
puis, un matin, la petite femme mourut,

sans qu'on sût pourquoi, comme un oiseau... Le trésor touchait à sa fin ; avec ce qui lui en restait, le veuf fit faire à sa chère morte un bel enterrement. Cloches à toute volée, lourds carrosses tendus de noir, chevaux empanachés, larmes d'argent dans le velours, rien ne lui parut trop beau. Que lui importait son or maintenant?... Il en donna pour l'église, pour les porteurs, pour les revendeuses d'immortelles ; il en donna partout, sans marchander... Aussi, en sortant du cimetière, il ne lui restait presque plus rien de cette cervelle merveilleuse, à peine quelques parcelles aux parois du crâne.

Alors on le vit s'en aller dans les rues, l'air égaré, les mains en avant, trébuchant comme un homme ivre. Le soir, à l'heure où les bazars s'illuminent, il s'arrêta devant une large vitrine dans la-

quelle tout un fouillis d'étoffes et de pa-
rures reluisait aux lumières, et resta là
longtemps à regarder deux bottines de
satin bleu bordées de duvet de cygne.
« Je sais quelqu'un à qui ces bottines feraient bien plaisir, » se disait-il en souriant; et, ne se souvenant déjà plus que la
petite femme était morte, il entra pour
les acheter.

Du fond de son arrière-boutique, la
marchande entendit un grand cri; elle
accourut et recula de peur en voyant un
homme debout, qui s'accotait au comptoir
et la regardait douloureusement d'un air
hébété. Il tenait d'une main les bottines
bleues à bordure de cygne, et présentait
l'autre main toute sanglante, avec des râ-
clures d'or au bout des ongles.

Telle est, madame, la légende de l'homme à la cervelle d'or.

Malgré ses airs de conte fantastique, cette légende est vraie d'un bout à l'autre... Il y a par le monde de pauvres gens qui sont condamnés à vivre de leur cerveau, et payent en bel or fin, avec leur moelle et leur substance, les moindres choses de la vie. C'est pour eux une douleur de chaque jour; et puis, quand ils sont las de souffrir...

Décidément, madame, cette histoire est trop mélancolique, et je ferai bien de m'en tenir là.

LE POËTE MISTRAL.

Dimanche dernier, en me levant, j'ai cru me réveiller rue du Faubourg-Montmartre. Il pleuvait, le ciel était gris, le moulin triste. J'ai eu peur de passer chez moi cette froide journée de pluie, et tout de suite l'envie m'est venue d'aller me réchauffer un brin auprès de Frédéric Mistral, ce grand poëte qui vit à trois lieues de mes pins, dans son petit village de Maillane.

Sitôt pensé, sitôt parti : une trique

en bois de myrte, mon Montaigne, une couverture, et en route !

Personne aux champs... Notre belle Provence catholique laisse la terre se reposer le dimanche... Les chiens seuls au logis, les fermes closes... De loin en loin, une charrette de roulier avec sa bâche ruisselante, une vieille. encapuchonnée dans sa mante feuille-morte, des mules en tenue de gala, housse de sparterie bleue et blanche, pompons rouges, grelots d'argent, — emportant au petit trot toute une carriole de gens de *mas* qui vont à la messe; puis, là-bas, à travers la brume, une barque sur la *roubine* et un pêcheur debout qui lance son épervier...

Pas moyen de lire en route ce jour-là. La pluie tombait par torrents, et la tramontane vous la jetait à pleins seaux dans la figure... Je fis le chemin tout d'une haleine, et enfin, après trois heures de marche, j'aperçus devant moi les petits bois de cyprès au milieu desquels le pays de Maillane s'abrite de peur du vent.

Pas un chat dans les rues du village; tout le monde était à la grand'messe. Quand je passai devant l'église, le serpent ronflait, et je vis les cierges reluire derrière les vitres de couleur.

Le logis du poëte est à l'extrémité du pays; c'est la dernière maison à main gauche, sur la route de Saint-Remy, — une maisonnette à un étage avec un jardin devant... J'entre doucement... Personne! La porte du salon est fermée, mais j'entends derrière quelqu'un qui marche et qui parle à haute voix... Ce pas et cette voix me sont bien connus...

12.

Je m'arrête un moment dans le petit couloir peint à la chaux, la main sur le bouton de la porte, très-ému. Le cœur me bat. — Il est là. Il travaille... Faut-il attendre que la strophe soit finie?... Ma foi! tant pis, entrons.

———

Ah! Parisiens, lorsque le poëte de Maillane est venu chez vous montrer Paris à sa Mireille, et que vous l'avez vu dans vos salons, ce Chactas en habit de ville, avec un col droit et un grand chapeau qui le gênait autant que sa gloire, vous avez cru que c'était là Mistral... Non, ce n'était pas lui. Il n'y a qu'un Mistral au monde, celui que j'ai surpris dimanche dernier dans son village, le chaperon de feutre sur l'oreille, sans

gilet, en jaquette, sa rouge taillole cata-
lane autour des reins, l'œil allumé, le feu
de l'inspiration aux pommettes, superbe
avec un bon sourire, élégant comme un
pâtre grec, et marchant à grands pas,
les mains dans ses poches, en faisant des
vers...

« Comment! c'est toi? cria Mistral en
me sautant au cou ; la bonne idée que tu
as eue de venir... Tout juste aujour-
d'hui, c'est la fête de Maillane. Nous
avons la musique d'Avignon, les taureaux, la procession, la farandole, ce sera
magnifique... La mère va rentrer de la
messe ; nous déjeunons, et puis, zou !
nous allons voir danser les jolies filles... »

Pendant qu'il me parlait, je regardais
avec émotion ce petit salon à tapisserie
claire, que je n'avais pas vu depuis si
longtemps, et où j'ai passé déjà de si

belles heures. Rien n'était changé. Toujours le canapé à carreaux jaunes, les
deux fauteuils de paille, la Vénus sans
bras et la Vénus d'Arles sur la cheminée,
le portrait du poëte par Hébert, sa pho-
tographie par Étienne Carjat, et, dans
un coin, près de la fenêtre, le bureau, —
un pauvre petit bureau de receveur d'enregistrement, — tout chargé de vieux
bouquins et de dictionnaires. Au milieu
de ce bureau, j'aperçus un gros cahier
ouvert... C'était *Calendal*, le nouveau
poëme de Frédéric Mistral, qui doit paraître à la fin de cette année, le jour de
Noël. Ce poëme, Mistral y travaille depuis sept ans, et voilà près de six mois
qu'il en a écrit le dernier vers ; pourtant,
il n'ose s'en séparer encore. Vous comprenez, on a toujours une strophe à polir,
une rime plus sonore à trouver... Mistral

a beau écrire en provençal, il travaille
ses vers comme si tout le monde devait
ies lire dans la langue et lui tenir compte
de ses efforts de bon ouvrier... Oh! le
brave poëte, et que c'est bien Mistral
dont Montaigne aurait pu dire : « *Sou-*
vienne-vous de celuy à qui, comme on
demanda à quoy faire il se peinoit si
fort en un art qui ne pouvoit venir à la
cognoissance de guère de gens, « *J'en*
« *ay assez de peu, répondict-il. J'en ay*
« *assez d'un. J'en ai assez de pas un.* »

Je tenais le cahier de *Calendal* entre
mes mains, et je le feuilletais, plein d'é-
motion... Tout à coup une musique de
fifres et de tambourins éclate dans la rue,
devant la fenêtre, et voilà mon Mistral

qui court à l'armoire, en tire des verres, des bouteilles, traîne la table au milieu du salon, et ouvre la porte aux musiciens en me disant : « Ne ris pas... Ils viennent me donner l'aubade... je suis conseiller municipal. »

La petite pièce se remplit de monde. On pose les tambourins sur les chaises, la vieille bannière dans un coin, et le vin cuit circule. Puis, quand on a vidé quelques bouteilles à la santé de monsieur Frédéric, qu'on a causé gravement de la fête, si la farandole sera aussi belle que l'an dernier, si les taureaux se comporteront bien, les musiciens se retirent et vont donner l'aubade chez les autres conseillers. A ce moment, la mère de Mistral arrive.

En un tour de main la table est dressée : un beau linge blanc et deux cou-

verts. Je connais les usages de la maison ;
je sais que lorsque Mistral a du monde.
sa mère ne se met pas à table... La
pauvre vieille femme ne connaît que son
provençal, et se sentirait mal à l'aise
pour causer avec des Français... D'ailleurs, on a besoin d'elle à la cuisine.

Dieu! le joli repas que j'ai fait ce matin-
là : — un morceau de chevreau rôti, du
fromage de montagne, de la confiture de
moût, des figues, des raisins muscats.
Le tout arrosé de ce bon château-neuf-
des-papes qui a une si belle couleur rose
dans les verres...

Au dessert je vais chercher le cahier du
poëme, et je l'apporte sur la table, devant Mistral.

« Nous avions dit que nous sortirions,
fait le poëte en souriant.

— Non! non!... *Calendal! Calendal!*

Mistral se résigne, et de sa voix musicale et douce, en battant la mesure de ses vers avec la main, il entame le premier chant : — « D'une fille folle d'amour, — « à présent que j'ai dit la triste aventure, « —je chanterai, si Dieu veut, un enfant « de Cassis, — un pauvre petit pêcheur « d'anchois... »

Au dehors, les cloches sonnaient les vêpres; les pétards éclataient sur la place; les fifres passaient et repassaient dans les rues avec les tambourins. Les taureaux de Camargue, qu'on menait courir, mugissaient.

Moi, les coudes sur la nappe, des larmes dans les yeux, j'écoutais l'histoire du petit pêcheur provençal.

Calendal n'était qu'un pêcheur ; l'amour en fait un héros... Pour gagner le cœur de sa mie, — la belle Estérelle, — il entreprend des choses miraculeuses, et les douze travaux d'Hercule ne sont rien à côté des siens.

Une fois, s'étant mis en tête d'êtr riche, il a inventé de formidables engins de pêche et ramène au port tout le poisson de la mer. Une autre fois, c'est un terrible bandit des gorges d'Ollioules, le comte Sévéran, qu'il va relancer jusque dans son aire, parmi ses coupe-jarrets et ses concubines... Quel rude gars que ce petit Calendal ! Un jour, à la Sainte-Baume, il rencontre deux partis de compagnons venus là pour vider leur querelle à grands coups de compas sur la tombe de maître Jacques, un Provençal qui a fait la charpente du temple de Salomon,

13

s'il vous plaît. Calendal se jette au milieu de la tuerie, et apaise les compagnons
en leur parlant...

Des entreprises surhumaines!... Il **y**
avait là-haut, dans les rochers de Lure,
une forêt de cèdres inaccessible, où jamais
bûcheron n'osa monter. Calendal y va,
lui. Il s'y installe tout seul pendant trente
jours. Pendant trente jours, on entend le
bruit de sa hache qui sonne en s'enfon-
çant dans les troncs. La forêt crie; l'un
après l'autre, les vieux arbres géants tombent et roulent au fond des abîmes; et
quand Calendal redescend, il ne reste plus
un cèdre sur la montagne...

Enfin en récompense de tant d'exploits
le pêcheur d'anchois obtient l'amour
d'Estérelle et il est nommé consul par les
habitants de Cassis. Voilà l'histoire de
Calendal... Mais qu'importe Calendal?

Ce qu'il y a avant tout dans le poëme, c'est la Provence, — la Provence de la mer, la Provence de la montagne, — avec son histoire, ses mœurs, ses légendes, ses paysages, tout un peuple naïf et libre qui a trouvé son grand poëte avant de mourir... Et maintenant, tracez des chemins de fer, plantez des poteaux à télégraphes, chassez la langue provençale des écoles! La Provence vivra éternellement dans *Mireille* et dans *Calendal*.

— Assez de poésie, dit Mistral en fermant son cahier. Il faut aller voir la fête.

Nous sortîmes, tout le village était dans les rues ; un grand coup de bise avait balayé le ciel, et le soleil reluisait joyeusement sur les toits rouges mouillés de

pluie. Nous arrivâmes à temps pour voir
rentrer la procession. Ce fut pendant une
heure un interminable défilé de pénitents
en cagoule, pénitents blancs, pénitents
bleus, pénitents gris, confréries de filles
voilées, bannières roses à fleurs d'or,
grands saints de bois dédorés portés à
quatre épaules, saintes de faïence coloriées comme des idoles, avec de gros bou-
quets à la main; chapes, ostensoirs, dais
de velours vert, crucifix encadrés de soie
blanche, tout cela ondulant au vent dans
la lumière des cierges et du soleil, au milieu des psaumes, des litanies et des cloches qui sonnaient à toute volée.

La procession finie, les saints remisés
dans leurs chapelles, nous allâmes voir
les taureaux, puis les jeux sur l'aire, les
luttes d'hommes, les trois sauts, l'étran-
gle-chat, le jeu de l'outre, et tout le joli

train des fêtes de Provence... La nuit
tombait quand nous rentrâmes à Maillane. Sur la place, devant le petit café où
Mistral va faire le soir sa partie avec son
ami Zidore, on avait allumé un grand feu
de joie... La farandole s'organisait. Des
lanternes de papier découpé s'allumaient
partout dans l'ombre; la jeunesse prenait
place, et bientôt, sur un appel des tambourins, commença autour de la flamme
une ronde folle, bruyante, qui devait
durer toute la nuit.

———

Après souper, trop las pour courir
encore, nous montâmes dans la chambre
de Mistral. C'est une modeste chambre
de paysan, avec deux grands lits. Les
murs n'ont pas de papier ; les solives du

plafond se voient... Il y a quatre ans,
lorsque l'Académie donna à l'auteur de
Mireille le prix de trois mille francs,
Mme Mistral eut une idée :

« Si nous faisions tapisser et plafonner
ta chambre? dit-elle à son fils.

— Non ! non! répondit Mistral... Ça,
c'est de l'argent des poëtes, on n'y
touche pas. »

Et la chambre est restée toute nue ;
mais tant que l'argent des poëtes a duré,
ceux qui ont frappé chez Mistral ont
toujours trouvé sa bourse ouverte...

J'avais emporté le cahier de *Calendal*
dans la chambre, et je voulus m'en faire
lire encore un passage avant de m'endormir. Mistral choisit l'épisode des
faïences. Le voici en quelque mots :

C'est dans un grand repas, je ne sais
où. On apporte sur la table un magni-

fique service en faïence de Moustiers. Au
fond de chaque assiette, dessiné en bleu
dans l'émail, il y a un sujet provençal ;
toute l'histoire du pays tient là-dedans.
Aussi il faut voir avec quel amour sont
décrites ces belles faïences ; une strophe
pour chaque assiette, autant de petits
poëmes d'un travail naïf et savant, ache-
vés comme un tableautin de Théocrite.

Tandis que Mistral me disait ses vers
dans cette belle langue provençale, plus
qu'aux trois quarts latine, que les reines
ont parlée autrefois et que maintenant
nos pâtres seuls comprennent, j'admi-
rais cet homme au dedans de moi, et,
songeant à l'état de ruine où il a trouvé
sa langue maternelle et ce qu'il en a fait,
je me figurais un de ces vieux palais des
princes des Beaux comme on en voit dans
les Alpilles : plus de toits, plus de balustres

aux perrons, plus de vitraux aux fenêtres, le trèfle des ogives cassé, le blason
des portes mangé de mousse, des poules
picorant dans la cour d'honneur, des
porcs vautrés sous les fines colonnettes
des galeries, l'âne broutant dans la chapelle où l'herbe pousse, des pigeons ve-
nant boire aux grands bénitiers remplis
d'eau de pluie, et enfin, parmi ces dé-
combres, deux ou trois familles de
paysans qui se sont bâti des huttes dans
les flancs du vieux palais.

Puis voilà qu'un beau jour, le fils d'un
de ces paysans s'éprend de ces grandes
ruines et s'indigne de les voir ainsi pro-
fanées ; vite, vite, il chasse le bétail hors
de la cour d'honneur, et, les fées lui ve-
nant en aide, à lui tout seul il reconstruit
le grand escalier, remet des boiseries aux
murs, des vitraux aux fenêtres, relève

les tours, redore la salle du trône et met sur pied le vaste palais d'autre temps, où logèrent des papes et des impéra-trices.

Ce palais restauré, c'est la langue pro-vençale.

Ce fils de paysan, c'est Mistral.

LES DEUX AUBERGES.

C'était en revenant de Nîmes, une après-midi de juillet. Il faisait une chaleur accablante. A perte de vue, la route blanche, embrasée, poudroyait entre des jardins d'oliviers et de petits chênes, sous un grand soleil d'argent mat qui remplissait tout le ciel. Pas une tache d'ombre, pas un souffle de vent. Rien que la vibration de l'air chaud et le cri strident des cigales, musique folle, assourdissante, à temps pressés, qui semble la

sonorité même de cette immense vibration lumineuse... Je marchais en plein
désert depuis deux heures, quand tout à
coup, devant moi, un groupe de maisons
blanches se dégagea de la poussière de la
route. C'était ce qu'on appelle le relais
de Saint-Vincent : cinq ou six *mas*, de
longues granges à toiture rouge, un
abreuvoir sans eau dans un bouquet de
figuiers maigres, et tout au bout du pays
deux grandes auberges qui se regardent
face à face de chaque côté du chemin.

Le voisinage de ces auberges avait
quelque chose de saisissant. D'un côté,
un grand bâtiment neuf, plein de vie,
d'animation, toutes les portes ouvertes,
la diligence arrêtée devant, les chevaux
fumants qu'on dételait, les voyageurs
descendus buvant à la hâte sur la route
dans l'ombre courte des murs; la cour

encombrée de mulets, de charrettes ; des
rouliers couchés sous les hangars en attendant *la fraîche*. A l'intérieur, des
cris, des jurons, des coups de poing sur
les tables, le choc des verres, le fracas
des billards, les bouchons de limonade
qui sautaient, et, dominant tout ce tumulte, une voix joyeuse, éclatante, qui
chantait à faire trembler les vitres :

> La belle Margoton
> Tant matin s'est levée,
> A pris son broc d'argent,
> A l'eau s'en est allée...

... L'auberge d'en face, au contraire,
était silencieuse et comme abandonnée.
De l'herbe sous le portail, des volets cassés, sur la porte un rameau de petit houx
tout rouillé qui pendait comme un vieux
panache, les marches du seuil calées avec

des pierres de la route... Tout cela si
pauvre, si pitoyable, que c'était une charité vraiment de s'arrêter là pour boire
un coup.

En entrant, je trouvai une longue salle
déserte et morne que le jour éblouissant
de trois grandes fenêtres sans rideaux
faisait plus morne et plus déserte encore.
Quelques tables boiteuses où traînaient
des verres ternis par la poussière, un bil-
lard crevé qui tendait ses quatre blouses
comme des sébiles, un divan jaune, un
vieux comptoir, dormaient là dans une
chaleur malsaine et lourde. Et des mouches! des mouches! jamais je n'en avais
tant vu : sur le plafond, collées aux vitres;
dans les verres, par grappes... Quand

j'ouvris la porte, ce fut un bourdonne-
ment, un frémissement d'ailes comme si
j'entrais dans une ruche.

Au fond de la salle, dans l'embrasure
d'une croisée, il y avait une femme debout contre la vitre, très-occupée à regarder dehors. Je l'appelai deux fois : « Eh!
l'hôtesse! » Elle se retourna lentement,
et me laissa voir une pauvre figure de
paysanne, ridée, crevassée, couleur de
terre, encadrée dans de longues barbes
de dentelle rousse comme en portent les
vieilles de chez nous. Pourtant ce n'était
pas une vieille femme; mais les larmes
l'avaient toute fanée.

« Qu'est-ce que vous voulez? me de-
manda-t-elle en essuyant ses yeux.

— M'asseoir un moment et boire quelque chose... »

Elle me regarda très-étonnée, sans

bouger de sa place, comme si elle ne comprenait pas.

« Ce n'est donc pas une auberge ici? »

La femme soupira : « Si... c'est une auberge, si vous voulez... Mais pourquoi n'allez-vous pas en face comme les autres? c'est bien plus gai...

— C'est trop gai pour moi... J'aime mieux rester chez vous. » Et, sans attendre sa réponse, je m'installai devant une table.

Quand elle fut bien sûre que je parlais sérieusement, l'hôtesse se mit à aller et venir d'un air très-affairé, ouvrant des tiroirs, remuant des bouteilles, essuyant les verres, dérangeant les mouches... On sentait que ce voyageur à servir était tout un événement. Par moment la malheureuse s'arrêtait et se prenait la tête,

comme si elle désespérait d'en venir à
bout.

Puis elle passait dans la pièce du fond;
je l'entendais remuer de grosses clés,
tourmenter des serrures, fouiller dans la
huche au pain, souffler, épousseter, laver
des assiettes. De temps en temps un gros
soupir, un sanglot mal étouffé...

Après un quart d'heure de ce manége,
j'eus devant moi une assiettée de *passe-*
rilles (raisins secs), un vieux pain de
Beaucaire aussi dur que du grès, et une
bouteille de piquette. « Vous êtes servi, »
dit l'étrange créature, et elle retourna
bien vite prendre sa place devant la fenêtre.

———

Tout en buvant, j'essayai de la faire

causer : « Il ne vous vient pas souvent du monde, n'est-ce pas, ma pauvre femme ?

— Oh ! non, monsieur, jamais personne... Quand nous étions seuls dans le pays, c'était différent, nous avions le relais, des repas de chasse pendant le temps des macreuses, des voituriers toute l'année... mais depuis que les voisins sont venus s'établir, nous avons tout perdu... Le monde aime mieux aller en face. Chez nous, on trouve que c'est trop triste... Le fait est que la maison n'est pas bien agréable. Je ne suis pas belle, j'ai les fièvres, mes deux petites sont mortes... Là-bas, au contraire, on rit tout le temps. C'est une Arlésienne qui tient l'auberge, une belle femme avec des dentelles et trois tours de chaîne d'or au cou. Le conducteur, qui est son

amant, lui amène la diligence. Avec ça
un tas d'enjôleuses pour chambrières...
Aussi, i! lui en vient de la pratique. Elle
a toute la jeunesse de Bezouçes, de Re-
dessan, de Jonquières. Les rouliers font
un détour pour passer par chez elle...
Moi je reste ici tout le jour, sans personne, à me consumer. »

Elle disait cela d'une voix distraite, in-
différente, le front toujours appuyé contre la vitre. Il y avait évidemment dans
l'auberge d'en face quelque chose qui la
préoccupait...

Tout à coup, de l'autre côté de la
route, il se fit un grand mouvement. La
diligence s'ébranlait dans la poussière.
On entendit des coups de fouet, les fan-
fares du postillon, les filles accourues sur
la porte qui criaient : « Adiousias!...
adiousias ! » et par là-dessus la formi-

dable voix de tantôt reprenant de plus belle :

> A pris son broc d'argent,
> A l'eau s'en est allée ;
> De là n'a vu venir
> Trois chevaliers d'armée...,

... A cette voix, l'hôtesse frissonna de tout son corps, et, se tournant vers moi : « Entendez-vous, me dit-elle tout bas, c'est mon mari... N'est-ce pas qu'il chante bien ? »

Je la regardai, stupéfait : « Comment ? votre mari... Il va donc là-bas lui aussi ? »

Alors elle, d'un air navré, mais avec une grande douceur : « Q'est-ce que vous voulez, monsieur ? Les hommes sont comme ça, ils n'aiment pas voir pleurer ; et moi je pleure toujours depuis la mort des petites... Puis c'est si triste cette grande baraque où il n'y a jamais personne... Alors, quand il s'ennuie trop, mon pauvre José va boire en face, et comme il a une belle voix, l'Arlésienne le fait chanter. Chut!... le voilà qui recommence. »

Et, tremblante, les mains en avant, avec de grosses larmes qui la faisaient encore plus laide, elle était là comme en extase devant la fenêtre, à écouter son José chanter pour l'Arlésienne :

> Le premier lui a dit :
> Bonjour, belle mignonne.

A MILIANAH

(NOTES DE VOYAGE)

Cette fois je vous emmène passer la journée dans une jolie petite ville d'Algérie, à deux ou trois cents lieues du moulin... Cela nous changera un peu des tambourins et des cigales...

... Il va pleuvoir; le ciel est gris, les crêtes du mont Zaccar s'enveloppent de brume. Dimanche triste... Dans ma petite chambre d'hôtel, la fenêtre ouverte sur les remparts arabes, j'essaye de me

distraire en allumant des cigarettes... On
a mis à ma disposition toute la bibliothèque de l'hôtel; entre une histoire très
détaillée de l'enregistrement et quelques
romans de Paul de Kock je découvre un
volume dépareillé de Montaigne... Ouvert le livre au hasard, relu l'admirable
lettre sur la mort de la Boétie... Me voilà
plus rêveur et plus sombre que jamais...
Quelques gouttes de pluie tombent déjà.
Chaque goutte, en tombant sur le rebord de la croisée, fait une large étoile
dans la poussière entassée là depuis les
pluies de l'an dernier... Mon livre me
glisse des mains, et je passe de longs
instants à regarder cette étoile mélancolique...

Deux heures sonnent à l'horloge de la
ville, — un ancien *marabout* dont j'a-
perçois d'ici les grêles murailles blan-

ches... Pauvre diable de marabout! Qui lui aurait dit cela, il y a trente ans, qu'un jour il porterait au milieu de la poitrine un gros cadran municipal, et que tous les dimanches, sur le coup de deux heures, il donnerait aux églises de Milianah le signal de sonner les vêpres... Dig! dong! voilà les cloches parties!... Nous en avons pour longtemps... Décidément, cette chambre est triste. Les grosses araignées du matin, qu'on appelle pensées philosophiques, ont tissé leurs toiles dans tous les coins... Allons dehors.

J'arrive sur la grand'place. La musique du 3ᵉ de ligne, qu'un peu de pluie n'épouvante pas, vient de se ranger autour de son chef. A une des fenêtres de la division, le général paraît, entouré de ses demoiselles; sur la place, le sous-préfet se promène de long en large au bras du juge de paix. Une demi-douzaine de petits Arabes, à moitié nus, jouent aux billes dans un coin avec des cris féroces. Là-bas, un vieux juif en guenilles vient chercher un rayon de soleil qu'il avait laissé hier à cet endroit, et qu'il s'étonne de ne plus trouver... « Une, deux, trois, partez! » La musique entonne une ancienne mazurka de Talexy, que les orgues de Barbarie jouaient l'hiver dernier sous mes fenêtres. Cette mazurka m'ennuyait autrefois; aujourd'hui elle m'émeut jusqu'aux larmes.

Oh! comme ils sont heureux les musiciens du 3e! L'œil fixé sur les doubles-croches, ivres de rhythme et de tapage,

ils ne songent à rien qu'à compter leurs
mesures. Leur âme, toute leur âme tient
dans ce carré de papier large comme la
main, — qui tremble au bout de l'instrument entre deux dents de cuivre. « Une,
deux, trois, partez! » Tout est là pour
ces braves gens; jamais les airs natio-
naux qu'ils jouent ne leur ont donné le
mal du pays... Hélas! moi qui ne suis
pas de la musique, cette musique me fait
peine et je m'éloigne...

Où pourrais-je bien la passer, cette
grise après-midi de dimanche? Bon, la
boutique de Sid'Omar est ouverte... Entrons chez Sid'Omar.

Quoiqu'il ait une boutique, Sid'Omar

14

n'est point un boutiquier. C'est un prince
du sang, le fils d'un ancien dey d'Alger
qui mourut étranglé par les janissaires...
A la mort de son père, Sid'Omar se ré-
fugia dans Milianah avec sa mère qu'il
adorait, et vécut là quelques années
comme un grand seigneur philosophe
parmi ses lévriers, ses faucons, ses chevaux et ses femmes, dans de jolis palais
très-frais pleins d'orangers et de fontaines. Vinrent les Français. Sid'Omar,
d'abord **notre** ennemi et l'allié d'Abd-el-
Kader, finit par se brouiller avec l'émir
et fit sa soumission. L'émir, pour se ven-
ger, entra dans Milianah en l'absence de
Sid'Omar, pilla ses palais, rasa ses orangers, emmena ses chevaux et ses femmes
et fit écraser la gorge de sa mère sous le
couvercle d'un grand coffre... La colère
de Sid'Omar fut terrible : sur l'heure

même il se mit au service de la France, et nous n'eûmes pas de meilleur ni de plus féroce soldat que lui tant que dura notre guerre contre l'émir. La guerre finie, Sid'Omar revint à Milianah ; mais encore aujourd'hui, quand on parle d'Abd-el-Kader devant lui, il devient pâle et ses yeux s'allument.

Sid'Omar a soixante ans. En dépit de l'âge et de la petite vérole, son visage est resté beau : de grands cils, un regard de femme, un sourire charmant, l'air d'un prince. Ruiné par la guerre, il ne lui reste de son ancienne opulence qu'une ferme dans la plaine du Chélif et une maison à Milianah, où il vit bourgeoisement avec ses trois fils élevés sous ses yeux. Les chefs indigènes l'ont en grande vénération. Quand une discussion s'élève, on le prend volontiers pour arbitre, et son jugement fait loi presque toujours. Il sort peu : on le trouve toutes les après-midi dans une boutique attenant à sa maison et qui ouvre sur la rue. Le mobilier de cette pièce n'est pas riche : — des murs blancs peints à la chaux, un banc de bois circulaire, des coussins, de longues pipes, deux braseros... C'est là que Sid'Omar donne audience et rend la justice. Un Salomon en boutique.

———

Aujourd'hui dimanche, l'assistance est nombreuse. Une douzaine de chefs sont accroupis, dans leurs beurnouss, tout autour de la salle. Chacun d'eux a près de lui une grande pipe, et une petite tasse de café dans un fin coquetier de filigrane.

J'entre, personne ne bouge.... De sa place, Sid'Omar envoie à ma rencontre son plus charmant sourire et m'invite de la main à m'asseoir près de lui sur un grand coussin de soie jaune; puis, un doigt sur les lèvres, il me fait signe d'écouter.

Voici le cas : — Le caïd des Beni-Zougzougs ayant eu quelque contestation avec un juif de Milianah au sujet d'un lopin de terre, les deux parties sont convenues de porter le différend devant Sid'Omar et de s'en remettre à son jugement. Rendez-vous est pris pour le jour même, les témoins sont convoqués; tout à coup voilà mon juif qui se ravise, et vient, seul, sans témoins, déclarer qu'il aime mieux s'en rapporter au juge de paix des Français qu'à Sid'Omar.... L'affaire en est là à mon arrivée.

Le juif, — vieux, barbe terreuse, veste marron, bas bleus, casquette en velours, — lève le nez au ciel, roule des yeux suppliants, baise les babouches de Sid'-Omar, penche la tête, s'agenouille, joint les mains... Je ne comprends pas l'arabe, mais à la pantomime du juif, au mot : « *Zouge de paix, zouge de paix,* » qui revient à chaque instant, je devine tout ce beau discours : « Nous ne doutons pas de Sid'Omar. Sid'-Omar est sage, Sid'Omar est juste.... toutefois le zouge de paix fera bien mieux notre affaire. »

L'auditoire, indigné, demeure impassible comme un Arabe qu'il est.... Allongé sur son coussin, l'œil noyé, le bouquin d'ambre aux lèvres, Sid'Omar — dieu de l'ironie — sourit en écoutant. Soudain, au milieu de sa plus belle pé-

riode, le juif est interrompu par un éner-
gique « caramba ! » qui l'arrête net ; en
même temps un colon espagnol, venu là
comme témoin du caïd, quitte sa place et,
s'approchant d'Iscariote, lui verse sur la
tête un plein panier d'imprécations de
toutes langues, de toutes couleurs, —
entre autres certain vocable français trop
gros monsieur pour qu'on le répète ici....
Le fils de Sid'Omar, qui comprend le
français, rougit d'entendre un mot pareil
en présence de son père et sort de la salle.
— Retenir ce trait de l'éducation arabe.
— L'auditoire est toujours impassible,
Sid'Omar toujours souriant. Le juif s'est
relevé et gagne la porte à reculons, tremblant de peur, mais gazouillant de plus
belle son éternel *zouge de paix, zouge de
paix....* Il sort. L'Espagnol, furieux, se
précipite derrière lui, le rejoint dans **la**

rue et par deux fois — vli! vlan! — le
frappe en plein visage.... Iscariote tombe
à genoux, les bras en croix.... L'Espagnol,
un peu honteux, rentre dans la boutique.... Dès qu'il est rentré, — le juif se
relève et promène un regard sournois sur
la foule bariolée qui l'entoure. Il y a là
des gens de tout cuir, — Maltais, Ma-
honais, nègres, Arabes, tous unis dans la
haine du juif et joyeux d'en voir maltrai-
ter un.... Iscariote hésite un instant, puis,
prenant un Arabe par le pan de son
beurnouss : — « Tu l'as vu, Achmed,
tu l'as vu.... tu étais là.... Le chrétien m'a frappé...; tu seras témoin...;
bien.... bien.... tu seras témoin. »
L'Arabe dégage son beurnouss et re-
pousse le juif.... Il ne sait rien, il n'a
rien vu; juste au moment, il tournait la
tête....

— Mais toi, Kaddour, tu l'as vu...,
tu as vu le chrétien me battre..., » crie
le malheureux Iscariote à un gros nègre
en train d'éplucher une figue de Barbarie.... Le nègre crache en signe de mépris et s'éloigne ; il n'a rien vu... Il n'a
rien vu non plus, ce petit Maltais dont
les yeux de charbon luisent méchamment
derrière sa barrette ; elle n'a rien vu cette
Mahonaise au teint de brique qui se sauve
en riant, son panier de grenades sur la
tête....

Le juif a beau crier, prier, se démener..., pas de témoin ! personne n'a
rien vu.... Par bonheur deux de ses core-
ligionnaires passent dans la rue à ce moment, l'oreille basse, rasant les murailles.
Le juif les avise : — « Vite, vite, mes
frères. Vite à l'homme d'affaires ! vite
au *ɀouge de paix!*... Vous l'avez vu,

vous autres..., vous avez vu qu'on a battu le vieux ! »

S'ils l'ont vu !... Je crois bien.

.... Grand émoi dans la boutique de Sid'Omar.... Le cafetier remplit les tasses, rallume les pipes. On cause, on rit à belles dents. C'est si amusant de voir rosser un juif !... Au milieu du brouhaha et de la fumée, je gagne la porte doucement ; j'ai envie d'aller rôder un peu du côté d'Israël pour savoir comment les coreligionaires d'Iscariote ont pris l'affront fait à leur frère.... « Viens dîner ce soir, *moussiou*, » me crie le bon Sid'Omar.... J'accepte, je remercie ; me voilà dehors.

Au quartier juif, tout le monde est sur

pied. L'affaire fait déjà grand bruit...
Personne aux échoppes. Brodeurs, tail-
leurs, bourreliers, — tout Israël est dans
la rue.... Les hommes — en casquette
de velours, en bas de laine bleue — ges-
ticulent bruyamment, par groupes....
Les femmes, pâles, bouffies, roides comme
des idoles de bois dans leurs robes plates
à plastrons d'or, le visage entouré de
bandelettes noires, vont d'un groupe à
l'autre en miaulant.... Au moment où
j'arrive, **un** grand mouvement se fait
dans la foule. On s'empresse, on se précipite.... **Appuyé** sur ses témoins, le juif
— héros de l'aventure — passe entre
deux haies de **casquettes, sous** une pluie
d'exhortations. — « Venge-toi, frère,
venge-nous, venge le peuple juif. Ne
crains rien ; tu as la loi pour toi. »

Un affreux nain, puant la poix et le

vieux cuir, s'approche de moi d'un air piteux, avec de gros soupirs : — « **Tu** vois, me dit-il. Les pauvres juifs, comme on nous traite ! C'est un vieillard, regarde. Ils l'ont presque tué. »

De vrai, le pauvre Iscariote a l'air plus mort que vif. Il passe devant moi — l'œil éteint, le visage défait ; ne marchant pas, se traînant.... Une forte indemnité est seule capable de le guérir ; aussi ne le mène-t-on pas chez le médecin, mais chez l'agent d'affaires.

Il y a beaucoup d'agents d'affaires en Algérie, presque autant que de sauterelles. Le métier est bon, paraît-il. Dans tous les cas, il a cet avantage qu'on y peut entrer de plain-pied, sans examens,

ni cautionnement, ni stage. Comme à
Paris nous nous faisons hommes de
lettres, on se fait agent d'affaires en Algérie. Il suffit pour cela de savoir un peu
de français, d'espagnol, d'arabe ; d'avoir
toujours un code dans ses fontes, et sur
toute chose le tempérament du métier.

Les fonctions de l'agent sont très-va-
riées ; tour à tour avocat, avoué, cour-
tier, expert, interprète, teneur de livres,
commissionnaire, écrivain public, c'est
le maître Jacques de la colonie. Seulement Harpagon n'en avait qu'un, de
maître Jacques, et la colonie en a plus
qu'il ne lui en faut. Rien qu'à Milianah,
on les compte par douzaines. En général, pour éviter les frais de bureau, ces
messieurs reçoivent leurs clients au café
de la grand'place et donnent leurs

sultations, — les donnent-ils? — entre
l'absinthe et le champoreau.

C'est vers le café de la grand'place
que le digne Iscariote s'achemine, flanqué
de ses deux témoins. Ne les suivons pas.

En sortant du quartier juif, je passe
devant la maison du bureau arabe. Du
dehors, avec son chapeau d'ardoises et
le drapeau français qui flotte dessus, on
la prendrait pour une mairie de village.
Je connais l'interprète ; entrons fumer
une cigarette avec lui. De cigarette en
cigarette, je finirai bien par le tuer, ce
dimanche sans soleil !

La cour qui précède le bureau est encombrée d'Arabes en guenilles. Ils sont
là une cinquantaine à faire antichambre,

accroupis, le long du mur, dans leurs
beurnouss. Cette antichambre bédouine
exhale, — quoique en plein air, — une
forte odeur de cuir humain. Passons
vite.... Dans le bureau, je trouve l'interprète aux prises avec deux grands brail-
lards entièrement nus sous de longues
couvertures crasseuses, et racontant
d'une mimique enragée je ne sais quelle
histoire de chapelet volé. Je m'assieds
sur une natte dans un coin, et je regarde... Un joli costume, ce costume
d'interprète; et comme l'interprète de
Milianah le porte bien! Ils ont l'air taillés
l'un pour l'autre. Le costume est bleu
de ciel avec des brandebourgs noirs et
des boutons d'or qui reluisent. L'interprète est blond, rose, tout frisé; un joli
hussard bleu plein d'humour et de fantaisie; un peu bavard. — il parle tant de

langues ; un peu sceptique, — il a
connu Renan à l'école orientaliste ; —
grand amateur de sport, à l'aise au bi-
vouac arabe comme aux soirées de la
sous-préfète, mazurkant mieux que personne et faisant le cousscouss comme
pas un. Parisien, pour tout dire ; voilà
mon homme, et ne vous étonnez pas que
les dames en raffolent... Comme dan-
dysme, il n'a qu'un rival : le sergent du
bureau arabe. Celui-ci, — avec sa tu-
nique de drap fin et ses guêtres à boutons de nacre, — fait le désespoir et
l'envie de toute la garnison. Détaché au
bureau arabe, il est dispensé des corvées,
et toujours se montre par les rues, ganté
de blanc, frisé de frais, avec de grands
registres sous le bras. On l'admire et on
le redoute. C'est une autorité.

Décidément, cette histoire de chapelet

volé menace d'être fort longue. Bonsoir !
Je n'attends pas la fin.

En m'en allant je trouve l'antichambre en émoi. La foule se presse autour
d'un indigène de haute taille, pâle, fier,
drapé dans un beurnouss noir. Cet
homme, il y a huit jours, s'est battu
dans le Zaccar avec une panthère. La
panthère est morte ; mais l'homme a eu
la moitié du bras mangée. Soir et matin
il vient se faire panser au bureau arabe,
et chaque fois on l'arrête dans la cour
pour lui entendre raconter son histoire.
Il parle lentement, d'une belle voix gut-
turale. De temps en temps il écarte son
beurnouss et montre, attaché contre sa
poitrine, son bras gauche entouré de
linges sanglants.

A peine suis-je dans la rue, voilà un violent orage qui éclate. Pluie, tonnerre, éclairs, sirocco..... Vite, abritons-nous. J'enfile une porte au hasard, et je tombe au milieu d'une nichée de bohémiens, empilés sous les arceaux d'une cour moresque. Cette cour tient à la mosquée de Milianah ; c'est le refuge habituel de la pouillerie musulmane, on l'appelle la *cour des pauvres*.

De grands lévriers maigres, tout couverts de vermine, viennent rôder autour de moi d'un air méchant. Adossé contre un des piliers de la galerie, je tâche de faire bonne contenance, et, sans parler à personne, je regarde la pluie qui ricoche sur les dalles coloriées de la cour. Les bohémiens sont à terre, couchés par tas. Près de moi, une jeune femme, presque belle, la gorge et les jambes découvertes, de

gros bracelets de fer aux poignets et aux
chevilles, chante un air bizarre à trois
notes mélancoliques et nasillardes. En
chantant, elle allaite un petit enfant tout
nu en bronze rouge, et, du bras resté
libre, elle pile de l'orge dans un mortier
de pierre. La pluie, chassée par un vent
cruel, inonde parfois les jambes de la
nourrice et le corps de son nourrisson.
La bohémienne n'y prend point garde et
continue à chanter, sous la rafale, en pi-
lant l'orge et donnant le sein.

L'orage diminue. Profitant d'une em-
bellie, je me hâte de quitter cette cour
des miracles et je me dirige vers le dîner
de Sid'Omar; il est temps.... En traver-
sant la grand'place, encore rencontré
mon vieux juif de tantôt. Il s'appuie sur
son agent d'affaires, ses témoins mar-
chent joyeusement derrière lui ; une

bande de vilains petits juifs gambade à l'entour.... Tous les visages rayonnent. L'agent se charge de l'affaire, il demandera au tribunal deux mille francs d'indemnité.

———

Chez Sid'Omar, dîner somptueux. — La salle à manger ouvre sur une élégante cour moresque, où chantent deux ou trois fontaines.... Excellent repas turc, recommandé au baron Brisse. Entre autres plats, je remarque un poulet aux amandes, un cousscouss à la vanille, une tortue à la viande, — un peu lourde mais du plus haut goût, — et des biscuits au miel qu'on appelle *bouchées du kadi*.... Comme vin, rien que du cham-

pagne. Malgré la loi musulmane Sid'-
Omar en boit un peu, — quand les ser-
viteurs ont le dos tourné... Après dîner,
nous passons dans la chambre de notre
hôte, où l'on nous apporte des confitures,
des pipes et du café... L'ameublement
de cette chambre est des plus simples :
un divan, quelques nattes ; dans le fond,
un grand lit très-haut sur lequel flânent
de petits coussins rouges brodés d'or....
A la muraille est accrochée une vieille
peinture turque représentant les exploits
d'un certain amiral Hamadi. Il paraît
qu'en Turquie les peintres n'emploient
qu'une couleur par tableau ; ce tableau-
ci est voué au vert. La mer, le ciel, les
navires, l'amiral Hamadi lui-même, tout
est vert, et de quel vert !...

L'usage arabe veut qu'on se retire de
bonne heure. Le café pris, les pipes fu-

mées, je souhaite la bonne nuit à mon
hôte et je le laisse avec ses femmes.

———

Où finirai-je ma soirée? Il est trop
tôt pour me coucher, les clairons des
spahis n'ont pas encore sonné la retraite.
D'ailleurs, les coussinets d'or de Sid'-
Omar dansent autour de moi des farandoles fantastiques qui m'empêcheraient
de dormir.... Me voici devant le théâtre,
entrons un moment.

Le théâtre de Milianah est un ancien magasin de fourrages, tant bien que
mal déguisé en salle de spectacle. De
gros quinquets, qu'on remplit d'huile
pendant l'entr'acte, font l'office de
lustres. Le parterre est debout, l'or-
chestre sur des bancs. Les galeries sont

très-fières parce qu'elles ont des chaises
de paille... Tout autour de la salle, un
long couloir, obscur, sans parquets...
On se croirait dans la rue, rien n'y
manque... La pièce est déjà commencée
quand j'arrive. A ma grande surprise,
les acteurs ne sont pas mauvais, je parle
des hommes ; ils ont de l'entrain, de la
vie... Ce sont presque tous des ama-
teurs, des soldats du 3me ; le régiment
en est fier et vient les applaudir tous les
soirs.

Quant aux femmes, hélas !... c'est encore et toujours cet éternel féminin des
petits théâtres de province, prétentieux,
exagéré et faux... Il y en a deux pourtant qui m'intéressent parmi ces dames,
deux juives de Milianah, toutes jeunes,
qui débutent au théâtre... Les parents
sont dans la salle et paraissent enchantés.

Ils ont la conviction que leurs filles vont gagner des milliers de douros à ce commerce-là. La légende de Rachel, israélite, millionnaire et comédienne, est déjà répandue chez les juifs d'Orient.

Rien de comique et d'attendrissant comme ces deux petites juives sur les planches... Elles se tiennent timidement dans un coin de la scène, poudrées, fardées, décolletées et toutes roides. Elles ont froid, elles ont honte. De temps en temps elles baragouinent une phrase sans la comprendre, et pendant qu'elles parlent, leurs grands yeux hébraïques regardent dans la salle avec stupeur.

Je sors du théâtre... Au milieu de l'ombre qui m'environne, j'entends des

cris dans un coin de la place... Quelques Maltais sans doute en train de
s'expliquer à coups de couteau...

Je reviens à l'hôtel, lentement, le long
des remparts. D'adorables senteurs d'o-
rangers et de thuyas montent de la
plaine. L'air est doux, le ciel presque
pur... Là-bas, au bout du chemin, se
dresse un vieux fantôme de muraille,
débris de quelque ancien temple. Ce
mur est sacré ; tous les jours les femmes
arabes viennent y suspendre des *ex-voto*,
fragments de haïcks et de foutas, longues
tresses de cheveux roux liés par des fils
d'argent, pans de beurnouss... Tout cela
va flottant sous un mince rayon de
lune, au souffle tiède de la nuit...

L'ÉLIXIR

DU RÉVÉREND PÈRE GAUCHER.

« Buvez ceci, mon voisin ; vous m'en direz des nouvelles. »

Et, goutte à goutte, avec le soin minutieux d'un lapidaire comptant des perles, le curé de Graveson me versa deux doigts d'une liqueur verte, dorée, chaude, étincelante, exquise... J'en eus l'estomac tout ensoleillé.

« C'est l'élixir du Père Gaucher, la joie et la santé de notre Provence, me fit le brave homme d'un air triomphant ; on le fabrique au couvent des Prémontrés, à deux lieues de votre moulin... N'est-ce pas que cela vaut bien toutes les chartreuses du monde?... Et si vous saviez comme elle est amusante, l'histoire de cet élixir... Écoutez plutôt... »

Alors, tout naïvement, sans y entendre malice, dans cette salle à manger de presbytère si candide et si calme avec son Chemin de la croix en petits tableaux et ses jolis rideaux clairs empesés comme des surplis, l'abbé me commença une historiette légèrement sceptique et irrévérencieuse, à la façon d'un conte d'Érasme ou de d'Assoucy :

———

Il y a vingt ans, les Prémontrés, ou plutôt les pères blancs, comme les appellent nos Provençaux, étaient tombés dans une grande misère, si vous aviez vu leur maison de ce temps-là, elle vous aurait fait peine.

Le grand mur, la tour Pacôme s'en allaient en morceaux. Tout autour du cloître rempli d'herbes, les colonnettes se fendaient, les saints de pierre croulaient dans leurs niches. Pas un vitrail debout, pas une porte qui tînt Dans les préaux, dans les chapelles, le vent du Rhône soufflait comme en Camargue, éteignant les cierges, cassant le plomb des vitrages, chassant l'eau des bénitiers. Mais le plus triste de tout, c'était le clocher du couvent, silencieux comme un pigeonnier vide ; et les pères, faute d'argent pour s'acheter une cloche, obligés de sonner Matines avec des cliquettes de bois d'amandier...

Pauvres pères blancs! Je les vois encore, à la procession de la Fête-Dieu, défilant tristement dans leurs capes rapiécées, pâles, maigres, nourris de *citres* et de pastèques, et derrière eux monseigneur l'abbé, qui venait la tête basse, tout honteux de montrer au soleil sa crosse dédorée et sa mitre de laine blanche mangée des vers. Les dames de la Confrérie en pleuraient de pitié dans les rangs, et les gros porte-bannières ricanaient entre eux tout bas en se montrant les pauvres moines : « Les étourneaux vont maigres quand ils vont en troupe. » Le fait est que les infortunés pères blancs en étaient arrivés eux-mêmes à se demander s'ils ne feraient pas mieux de prendre leur vol à travers le monde et de chercher pâture chacun de son côté.

Or, un jour que cette grave question se débattait dans le chapitre, on vint annoncer au prieur que le frère Gaucher demandait à être entendu au conseil... Vous saurez pour votre gouverne que ce frère Gaucher était le bouvier du couvent; c'est-à-dire qu'il passait ses journées à rouler d'arcade en arcade dans le cloître, en poussant devant lui deux vaches étiques qui cherchaient l'herbe aux fentes des pavés. Nourri jusqu'à douze ans par une vieille folle du pays des Baux, qu'on appelait tante Bégon, recueilli depuis chez les moines, le malheureux bouvier n'avait jamais pu rien apprendre qu'à conduire ses bêtes et à réciter son *Pater noster;* encore le disait-il en provençal, car il avait la cervelle dure et l'esprit fin comme une dague de plomb Fervent chrétien, du reste, quoiqu'

peu visionnaire, à l'aise sous le cilice et
se donnant la discipline avec une conviction robuste et des bras!...

Quand on le vit entrer dans la salle du
chapitre, simple et balourd, saluant l'assemblée la jambe en arrière, prieur, chanoines, argentier, tout le monde se mit à
rire. C'était toujours l'effet que produi-
sait, quand elle arrivait quelque part,
cette bonne face grisonnante avec sa
barbe de chèvre et ses yeux un peu fous;
aussi le frère Gaucher ne s'émut pas :

« Mes révérends, fit-il d'un ton bo-
nasse en tortillant son chapelet de noyaux
d'olives, on a bien raison de dire que ce
sont les tonneaux vides qui chantent le
mieux. Figurez-vous qu'à force de creu-
ser ma pauvre tête déjà si creuse, je crois
que j'ai trouvé le moyen de nous tirer
tous de peine.

« Voici comment. Vous savez bien
tante Bégon, cette brave femme qui me
gardait quand j'étais petit (Dieu ait son
âme, la vieille coquine! Elle chantait de
bien vilaines chansons après boire). Je
vous dirai donc, mes révérends pères,
que tante Bégon de son vivant se connaissait aux herbes de montagnes autant
et mieux qu'un vieux merle de Corse.
Voire elle avait composé sur la fin de ses
jours un élixir incomparable, en mélan-
geant cinq ou six espèces de simples que
nous allions cueillir ensemble dans les
Alpilles. Il y a belles années de cela;
mais je pense qu'avec l'aide de saint Augustin et la permission de notre père abbé
je pourrais — en cherchant bien — retrouver la composition de ce mystérieux
élixir. Nous n'aurons plus alors qu'à le
mettre en bouteilles et à le vendre un peu

cher, ce qui permettrait à la communauté de s'enrichir doucettement, comme ont fait nos frères de la Trappe et de la Grande... »

Il n'eut pas le temps de finir. Le prieur s'était levé pour lui sauter au cou. Les chanoines lui prenaient les mains. L'argentier, encore plus ému que tous les autres, lui baisait avec respect le bord tout effrangé de sa cucule... Puis chacun revint à sa chaire pour délibérer, et, séance tenante, le chapitre décida qu'on confierait les vaches au frère Thrasybule, pour que le frère Gaucher pût se donner tout entier à la confection de son élixir.

Comment le bon frère parvint-il à retrouver la recette de tante Bégon! Au prix de quels efforts, au prix de quelles veilles? L'histoire ne le dit pas. Seulement ce qui est sûr, c'est qu'au bout de six mois l'élixir des pères blancs était déjà très-populaire. Dans tout le Comtat, dans tout le pays d'Arles, pas un mas, pas une grange qui n'eût au fond de sa *dépense*, entre les bouteilles de vin cuit et les jarres d'olives à la picholine, un petit flacon de terre brune cacheté aux armes de Provence avec un moine en extase sur une étiquette d'argent. Grâce à la vogue de son élixir, la maison des Prémontrés s'enrichit très-rapidement. On releva la tour Pacôme. Le prieur eut une mitre neuve, l'église de jolis vitraux ouvragés, et, dans la fine dentelle du clocher, toute une compagnie de cloches et de clochettes vint s'abattre un beau matin de Pâques, tintant et carillonnant à la grande volée.

Quant au frère Gaucher, ce pauvre frère lai dont les rusticités égayaient tant le chapitre, il n'en fut plus question dans le couvent. On ne connut plus désormais que le révérend père Gaucher, homme de tête et de grand savoir, qui vivait complétement isolé des occupations si menues et si multiples du cloître, et s'enfermait tout le jour dans sa distillerie, pendant que trente moines battaient la montagne pour lui chercher des herbes odorantes... Cette distillerie, où personne, pas même le prieur, n'avait le droit de pénétrer, était une ancienne chapelle abandonnée, tout au bout du jardin des chanoines. La simplicité des bons pères en avait fait quelque chose de mystérieux et de formidable; et si par aventure un moinillon hardi et curieux, s'accrochant aux vignes grimpantes, arrivait jusqu'à la rosace du portail, il en dégringolait bien vite, effaré d'avoir vu le père Gaucher, avec sa barbe de nécroman, penché sur ses fourneaux, le pèse-liqueur à la main; puis, tout autour, des cornues de grès rose, des alambics gigantesques, des serpentins de cristal, tout un encombrement bizarre qui flamboyait ensorcelé dans la lueur rouge des vitraux...

Au jour tombant, quand sonnait le dernier Angelus, la porte de ce lieu de mystère s'ouvrait discrètement, et le révérend se rendait à l'église pour l'office du soir. Il fallait voir quel accueil quand il traversait le monastère! Les frères faisaient la haie sur son passage. On disait : « Chut!... il a le secret!... » L'argentier le suivait et lui parlait la tête basse... Au

milieu de ces adulations, le père s'en allait en s'épongeant le front, son tricorne
aux larges bords posé en arrière comme
une auréole, regardant autour de lui d'un
air de complaisance les grandes cours
plantées d'orangers, les toits bleus où
tournaient des girouettes neuves, et, dans
le cloître éclatant de blancheur, — entre
les colonnettes élégantes et fleuries, —
les chanoines habillés de frais qui défi-
laient deux par deux avec des mines re-
posées.

« C'est à moi qu'ils doivent tout cela ! »
se disait le révérend en lui-même ; et
chaque fois cette pensée lui faisait monter
des bouffées d'orgueil.

Le pauvre homme en fut bien puni.
Vous allez voir...

Figurez-vous qu'un soir, pendant l'office, il arriva à l'église dans une agitation extraordinaire : rouge, essouflé, le capuchon de travers, et si troublé qu'en prenant de l'eau bénite il y trempa ses manches jusqu'au coude. On crut d'abord que c'était l'émotion d'arriver en retard ; mais quand on le vit faire de grandes révérences à l'orgue et aux tribunes au lieu de saluer le maître-autel, traverser l'église en coup de vent, errer dans le chœur pendant cinq minutes pour chercher sa stalle, puis, une fois assis, s'incliner de droite et de gauche en souriant d'un air béat, un murmure d'étonnement courut dans les trois nefs. On chuchotait de bréviaire à bréviaire : « Qu'a donc notre père Gaucher?... Qu'a donc notre père Gaucher ? » Par deux fois le prieur, impatienté, fit tomber sa crosse sur les dalles pour commander le silence... Là-bas, au fond du chœur, les psaumes allaient toujours ; mais les répons manquaient d'entrain....

Tout à coup, au beau milieu de l'*Ave verum*, voilà mon père Gaucher qui se renverse dans sa stalle et entonne d'une voix éclatante :

> Dans Paris il y a un père blanc,
> Patatin, patatan, tarabin, taraban ; etc., etc.

Consternation générale. Tout le monde se lève. On crie : « Emportez-le... il est possédé ! » Les chanoines se signent. La crosse de monseigneur se démène... Mais le père Gaucher ne voit rien, n'écoute rien, et deux moines vigoureux sont obligés de l'entraîner par la petite porte du chœur, se débattant comme un

exorcisé et continuant de plus belle ses
patatin et ses taraban.

———

Le lendemain, au petit jour, le malheureux était à genoux dans l'oratoire
du prieur, et faisait sa *coulpe* avec un
ruisseau de larmes : « C'est l'élixir, monseigneur, c'est l'élixir qui m'a surpris, »
disait-il en se frappant la poitrine. Et de
le voir si marri, si repentant, le bon
prieur en était tout ému lui-même.

« Allons, allons, père Gaucher, cal-
mez-vous, tout cela séchera comme la
rosée au soleil... Après tout, le scandale
n'a pas été aussi grand que vous pensez.
Il y a bien eu la chanson qui était un
peu... hum! hum!... Enfin il faut es-
pérer que les novices ne l'auront pas en-

tendue... A présent, voyons, dites-moi
bien comment la chose vous est arrivée...
C'est en essayant l'élixir, n'est-ce pas ?
Vous aurez eu la main trop lourde...
Oui, oui, je comprends... C'est comme
le frère Schwartz, l'inventeur de la pou-
dre ; vous avez été victime de votre invention... Et dites-moi, mon brave ami,
est-il bien nécessaire que vous l'essayiez
sur vous-même, ce terrible élixir ?

— Malheureusement, oui, monseigneur... l'éprouvette me donne bien la
force et le degré de l'alcool ; mais pour
le fini, pour le velouté, je ne me fie guère
qu'à ma langue...

— Ah ! très-bien... mais écoutez encore un peu que je vous dise... Quand
vous goûtez ainsi l'élixir par nécessité,
est-ce que cela vous semble bon ? Y
prenez-vous du plaisir ?...

— Hélas ! oui, monseigneur, fit le malheureux père en devenant tout rouge... Voilà deux soirs que je lui trouve un bouquet, un arome... C'est pour sûr le démon qui m'a joué ce vilain tour... Aussi je suis bien décidé désormais à ne plus me servir que de l'éprouvette. Tant pis si la liqueur n'est pas assez fine, si elle ne fait pas assez la perle...

— Gardez-vous-en bien, interrompit le prieur avec vivacité. Il ne faut pas s'exposer à mécontenter la clientèle... Tout ce que vous avez à faire maintenant que vous voilà prévenu, c'est de vous tenir sur vos gardes... Voyons, qu'est-ce qu'il vous faut pour vous rendre compte ?... Quinze ou vingt gouttes, n'est-ce pas ?... mettons vingt gouttes... Le diable sera bien fin s'il vous attrape avec vingt gouttes... D'ailleurs, pour prévenir tout accident, je vous dispense dorénavant de venir à l'église. Vous direz l'office du soir dans la distillerie... Et maintenant allez en paix, mon révérend, et surtout... comptez bien vos gouttes. »

Hélas ! Le pauvre révérend eut beau compter ses gouttes... Le démon le tenait, et ne le lâcha plus.

C'est la distillerie qui entendit de singuliers offices !

————

Le jour encore tout allait bien. Le père était assez calme ; il préparait ses réchauds, ses alambics, triait soigneusement ses herbes, toutes herbes de Provence, fines, grises, dentelées, brûlées de parfums et de soleil... Mais, le soir,

quand les simples étaient infusés et que
l'élixir tiédissait dans de grandes bassines de cuivre rouge, le martyre du
pauvre homme commençait.

« ..... Dix-sept.... dix-huit... dix-neuf...
vingt !... » Les gouttes tombaient du chalumeau dans le gobelet de vermeil. Ces
vingt-là, le père les avalait d'un trait,
presque sans plaisir. Il n'y avait que la
vingt-unième qui lui faisait envie. Oh !
cette vingt-unième goutte !... Alors, pour
échapper à la tentation, il allait s'age-
nouiller tout au bout du laboratoire et
s'abîmait dans ses patenôtres. Mais de la
liqueur encore chaude il montait une petite fumée toute chargée d'aromates qui
venait rôder autour de lui, et bon gré
mal gré le ramenait vers les bassines..
La liqueur était d'un beau vert doré..
Penché dessus, les narines ouvertes, le

père la remuait tout doucement avec son chalumeau, et dans les petites paillettes étincelantes que roulait le flot d'émeraude, il lui semblait voir les yeux de malice de tante Bégon qui riaient et pétillaient en le regardant... « Allons! encore une goutte ! » Et de goutte en goutte l'infortuné finissait par avoir son gobelet plein jusqu'au bord. Alors, à bout de force, il se laissait tomber dans un grand fauteuil, et, le corps abandonné, la paupière à demi close, il dégustait son péché par petits coups, en se disant tout bas avec un remords délicieux : « Ah! je me damne... je me damne... » Le plus terrible, c'est qu'au fond de cet élixir diabolique, il retrouvait, par je ne sais quel sortilége, toutes les vilaines chansons de tante Bégon : « *Ce sont trois petites commères, qui parlent de faire un banquet,* ou : *Bergerette de maître André s'en va-t-au bois seulette,* et toujours la fameuse des Pères blancs *Patatin patatan.*

Pensez quelle confusion le lendemain, quand ses voisins de cellule lui faisaient d'un air malin : « Hé ! hé! père Gaucher, vous aviez des cigales en tête, hier soir en vous couchant. » Alors c'étaient des larmes, des désespoirs, et le jeûne, et le cilice, et la discipline. Mais rien ne pouvait contre le démon de l'élixir; et tous les soirs, à la même heure, la possession recommençait.

———

Pendant ce temps, les commandes pleuvaient sur l'abbaye que c'était une bénédiction. Il en venait de Nîmes,

d'Aix, d'Avignon, de Marseille... De
jour en jour le couvent prenait un petit
air de manufacture. Il y avait des frères
emballeurs, des frères étiqueteurs, d'autres pour les écritures, d'autres pour le
camionnage; le service de Dieu y perdait
bien par-ci par-là quelques coups de
cloches; mais les pauvres gens du pays
n'y perdaient rien, je vous en réponds...

Et donc, un beau dimanche matin,
pendant que l'argentier lisait en plein
chapitre son inventaire de fin d'année et
que les bons chanoines l'écoutaient les
yeux brillants et le sourire aux lèvres,
voilà le père Gaucher qui se précipite au
milieu de la conférence en criant : « C'est
fini... Je n'en fais plus... Rendez-moi
mes vaches. »

« Qu'est-ce qu'il y a donc, père Gaucher? demanda le prieur, qui se dou-

tait bien un peu de ce qu'il y avait.

— Ce qu'il y a, monseigneur?... Il y a que je suis en train de me préparer une belle éternité de flammes et de coups de fourche... Il y a que je bois, que je bois comme un misérable...

— Mais je vous avais dit de compter vos gouttes.

— Ah! bien oui, compter mes gouttes; c'est par gobelets qu'il faudrait compter maintenant... Oui, mes révérends, j'en suis là. Trois fioles par soirée... Vous comprenez bien que cela ne peut pas durer... Aussi faites faire l'élixir par qui vous voudrez... Que le feu de Dieu me brûle si je m'en mêle encore! »

C'est le chapitre qui ne riait plus.

« Mais, malheureux, vous nous ruinez! criait l'argentier en agitant son grand livre.

—Préférez-vous que je me damne ?.

Pour lors, le prieur se leva :

« Mes révérends, dit-il en étendant sa belle main blanche où luisait l'anneau pastoral, il y a moyen de tout arranger... C'est le soir, n'est-ce pas, mon cher fils, que le démon vous tente ?...

— Oui, monsieur le prieur, régulièrement tous les soirs... Aussi maintenant quand je vois arriver la nuit, j'en ai, sauf votre respect, les sueurs qui me prennent, comme l'âne de Capitou quand il voyait venir le bât.

— Eh bien ! rassurez-vous... Dorénavant, tous les soirs, à l'office, nous réciterons à votre intention l'oraison de saint Augustin, à laquelle l'indulgence plénière est attachée... Avec cela, quoi qu'il arrive, vous êtes à couvert... C'est l'absolution pendant le péché.

17

— Oh bien alors merci, monsieur le prieur. » Et, sans en demander davantage, le père Gaucher retourna à ses alambics, aussi léger qu'une alouette.

Effectivement, à partir de ce moment-là, tous les soirs, à la fin des complies, l'officiant ne manquait jamais de dire : « Prions pour notre pauvre père Gaucher, qui sacrifie son âme aux intérêts de la communauté... *Oremus, Domine...* » Et pendant que sur toutes ces capuches blanches prosternées dans l'ombre des nefs l'oraison courait en frémissant comme une petite bise sur la neige, là-bas, tout au bout du couvent, derrière le vitrage enflammé de la distillerie, on entendait le père Gaucher qui chantait à tue-tête :

> Dans Paris il y a un père blanc,
>   Patatin, patatan, tarabin, taraban ;

Dans Paris, il y a un père blanc
    Qui fait danser des moinettes,
    Trin, trin, trin, dans un jardin;
    Qui fait danser des...

— — —

.. Ici le bon curé s'arrêta plein d'épouvante : « Miséricorde! si mes paroissiens m'entendaient!... »

NOSTALGIES DE CASERNE.

Ce matin, aux premières clartés de l'aube, un formidable roulement de tambour me réveille en sursaut... Ran plan plan! Ran plan plan!...

Un tambour dans mes pins à pareille heure!... Voilà qui est singulier, par exemple!...

Vite, vite, je me jette à bas de mon lit et je cours ouvrir la porte.

Personne... Le bruit s'est tu... Du milieu des lambrusques mouillées, deux ou trois courlis s'envolent en secouant leurs ailes... Un peu de brise chante dans les arbres... Vers l'orient, sur la crête fine des Alpilles, s'entasse une poussière d'or d'où le soleil sort lentement... Un premier rayon frise déjà le toit du moulin. Au même moment, le tambour, invisible, se met à battre aux champs sous le couvert... Ran... plan... plan, plan, plan.

Le diable soit de la peau d'âne! Je l'avais oubliée... Mais enfin, quel est donc le sauvage qui vient saluer l'aurore au fond des bois avec un tambour?... J'ai beau regarder, je ne vois rien... rien que les touffes de lavande, et les pins qui dégringolent jusqu'en bas sur la route... Il y a peut-être par là dans le fourré quelque lutin caché en train de se moquer de moi... C'est Ariel, sans doute, ou maître

17.

Puck. Le drôle se sera dit, en passant devant mon moulin : « Ce Parisien est « trop tranquille là-dedans, allons lui don- « ner l'aubade ! » Sur quoi il aura pris un gros tambour, et... ran plan plan !... ran plan plan !... Te tairas-tu, gredin de Puck ? tu vas réveiller mes cigales. »

—

Ce n'était pas Puck.

C'était Gouguet François, dit Pistolet, tambour au 31e de ligne, et pour le moment en congé de semestre. Pistolet s'ennuie au pays ; il a des nostalgies, ce tambour, et, — quand on veut bien lui prêter l'instrument de la commune, — il s'en va, mélancolique, battre la caisse dans les bois, en rêvant de la caserne du Prince Eugène.

C'est sur ma petite colline verte qu'il est venu rêver aujourd'hui... Il est là, debout contre un pin, son tambour entre ses jambes et s'en donnant à cœur joie... Des vols de perdreaux effarouchés partent à ses pieds sans qu'il s'en aperçoive. La férigoule embaume autour de lui, il ne la sent pas.

Il ne voit pas non plus les fines toiles d'araignée qui tremblent au soleil entre les branches, ni les aiguilles de pin qui sautillent sur son tambour. Tout entier à son rêve et à sa musique, il regarde amoureusement voler ses baguettes, et sa grosse face niaise s'épanouit de plaisir à chaque roulement.

Ran plan plan! ran plan plan!

« Qu'elle est belle, la grande caserne, avec sa cour aux larges dalles, ses rangées de fenêtres bien alignées, son peuple en bonnet de police et ses arcades basses pleines du bruit des gamelles!... »

Ran plan plan! Ran plan plan!...

« Oh! l'escalier sonore, les corridors peints à la chaux, la chambrée odorante, les ceinturons qu'on astique, la planche au pain, les pots de cirage, les couchettes de fer à couverture grise, les fusils qui reluisent au râtelier! »

Ran plan plan! Ran plan plan!

« Oh! les bonnes journées du corps de garde, les cartes qui poissent aux doigts, la dame de pique hideuse avec des agréments à la plume, le vieux Pigault-Lebrun dépareillé, qui traîne sur le lit de camp!... »

Ran plan plan!... Ran plan plan!

« Oh! les longues nuits de faction à la porte des ministères, la vieille guérite où la pluie entre, les pieds qui ont froid!

les voitures de gala, qui vous éclabous-
sent en passant!... Oh! la corvée supplé-
mentaire, les jours de bloc, le baquet
puant, l'oreiller de planche, la diane
froide par les matins pluvieux, la retraite
dans les brouillards à l'heure où le gaz
s'allume, l'appel du soir, où l'on arrive
essoufflé! »

Ran plan plan! Ran plan plan!

« Oh! le bois de Vincennes, les gros
gants de coton blanc, les promenades sur
les Fortifications... Oh! la barrière de
l'École, les filles à soldats, le piston du
Salon de Mars, l'absinthe dans les bouis-
bouis, les confidences entre deux hoquets,
les briquets qu'on dégaîne, la romance
sentimentale chantée une main sur le
cœur!... »

Rêve, rêve, pauvre homme, ce n'est pas moi qui t'en empêcherai...; tape hardiment sur ta caisse, tape à tour de bras. Je n'ai pas le droit de te trouver ridicule.

Si tu as la nostalgie de ta caserne, est-ce que, moi, je n'ai pas la nostalgie de la mienne?

Mon Paris me poursuit jusqu'ici comme le tien. Tu joues du tambour sous les pins, toi. Moi, j'y fais de la copie... Ah! les bons Provençaux que nous faisons! Là-bas, dans les casernes de Paris, nous regrettions nos Alpilles bleues et l'odeur sauvage des lavandes; maintenant ici, en pleine Provence, la caserne nous manque, et tout ce qui la rappelle nous est cher!...

Huit heures sonnent au village. Pistolet, sans lâcher ses baguettes, s'est mis en route pour rentrer... On l'entend descendre sous le bois, jouant toujours... Et moi, couché dans l'herbe, malade de nostalgie, je crois voir, au bruit du tambour qui s'éloigne, tout mon Paris défiler entre les pins......

Ah! Paris... Paris... toujours Paris!

FIN.

TABLE.

FIN DE LA TABLE.

: 55. — Paris. Imp. LALOUX fils et GUILLOT, 7, rue des Canettes